# 明治文学の彩り

## 口絵・挿絵の世界

日本近代文学館編 The Museum of Modern Japanese Literature
出口智之責任編集 DEGUCHI Tomoyuki

春陽堂書店

# 『明治文学の彩り　口絵・挿絵の世界』刊行にあたって

公益財団法人日本近代文学館理事長　中島国彦

明治時代の文芸雑誌に興味を持つようになり、載っている口絵や挿絵の面白さに気付くことがあります。初版本にも多色刷りの口絵が載っているものもあり、それを探すのも楽しみです。「文芸倶楽部」「新小説」とさまざま辿っていき、当時の読者は作品をこうした絵画の世界と一緒に読んでいたのだな、と実感しました。いかにもピッタリの挿絵もあれば、何か作品の印象とずれてしまっているのも見つかります。坪内逍遥『当世書生気質』などは、逍遥の下絵、長原孝太郎の見事な挿絵、再版の時のややゆるんだ別の画家の挿絵と、さまざまです。「東京朝日新聞」紙上の、漱石「三四郎」、長塚節「土」の挿絵（名取春仙筆、後者は連載途中まで）も忘れられません。「三四郎」など、挿絵入りのテキストが文庫本で刊行されないかと、思ったりしました。

注目されるようになった、こうした絵画と文学の相関を示す展覧会が計画され、特に明治の雑誌・新聞における口絵・挿絵を中心に組み立てられました。この分野の研究を推進しておられる出口智之さんに編集をお願いし、編集の過程で、さまざまなことが明らかになりました。好評だった展覧会の成果を、今回春陽堂書店が一本にまとめてくださることになりました。出口さんは、書き下ろしの長文解説を寄せて下さいました。余り知られていない資料も多く、丹念に集められたヴィジュアルな画面を見て、この問題にさらに興味を持ってくださる方が増えることを願っています。

二〇二二年六月

# 絵とともにある明治文学

東京大学准教授　出口智之

私たちが「文学」と聞いた時、たいていは文章による作品を思い浮べます。「日本文学史」と言われれば、記紀歌謡から近年の新人賞受賞作まで、言語芸術とそれを書いた作者たちの歴史だと思うでしょう。しかし、山東京伝や柳亭種彦といった江戸の戯作者たちは、文章よりも先に口絵・挿絵の下絵を描き、それを見ながら文案を練るのが普通でした。そして、そうした制作慣習は維新後も廃れず、明治の近代作家たちの多くも、実は口絵・挿絵に指示を出し続けていたのです。

坪内逍遙も、尾崎紅葉も幸田露伴も、樋口一葉も島崎藤村も泉鏡花も、そしておそらくは田山花袋や夏目漱石までも、みな絵に指示を求められたのが明治という時代でした。逆に言えば、当時の彼らにとっての自作とは、自分で指示した絵と文章がセットになった形だったのです。もちろん、その態度は様々で、仕事の一部として淡々と絵をつけた作家もいますし、反発して強く拒否した作家もいます。しかし、なかには文章と絵とが支えあうコラボレーションを試みた作家もおり、そうした場合、当時の絵を見ず文章だけを読んでいては、作家の目指したところに向きあうことはできません。

一方、近代出版に組込まれた江戸以来の慣習は、様々な問題も引き起しました。依然として、起筆前のような早い段階での指示が求められたため、執筆中に構想が変るなどして、本文と絵とが食違うことも珍しくありません。読者にとっては迷惑だったでしょうが、でも現代から見れば、絵のなかに作品の原構想が化石のように保存されているのです。そう考えると、不調和に終った例もまた、作家たちの苦心の痕跡と見えてきます。

本書は、単に絵だけを味わうのではなく、絵から明治文学のありかたを捉えなおす、おそらく世界でもはじめての試みです。美麗な木版多色摺口絵の味わいかたから、日刊新聞という緊迫した制作現場での文章と絵とのぶつかりあいまで、明治文学の新しい姿をぜひお楽しみください。

目次

凡　例

・本書は、日本近代文学館にて、二〇二二年一月八日から二月二六日まで開催された、「明治文学の彩り　口絵・挿絵の世界」展を基にした書籍である。

・掲載図版の所蔵元は、各図版の下部に記載した。明記がないものについては、日本近代文学館、春陽堂書店、出口智之所蔵のものを掲載している。

・各図版のキャプションについて

一行目には口絵・挿絵を手がけた絵師・画家の名前を記し、また小説とは別に絵のタイトルがある場合は、《　》内に記した。

二行目には小説の著者と作品名、判別されるかぎりの印刷技法を記した。「　」は作品名、『　』は書籍名を指す。［　］内に記したものは、推定を意味する。（　）内には、口絵・挿絵が雑誌に掲載された場合は掲載誌名と刊行年月を、書籍に付された場合は出版社と刊行年月を記した。

# 協力者一覧

本書の制作にあたり、多大なるご協力を賜りました皆様へ、深く感謝申し上げます。

朝日智雄
大阪樟蔭女子大学図書館
鎌倉市鏑木清方記念美術館
小金沢智
国立国会図書館
信州大学附属図書館
台東区立一葉記念館
日本美術家連盟
根本章雄
平山基之
宮澤史彦
弥生美術館
早稲田大学図書館特別資料室
（敬称略）

# 第Ⅰ章　口絵・挿絵とは何か

明治文学を語るとき、口絵と挿絵はしばしばおなじように扱われますが、その性格はいささか異なっていました。たとえば、口絵が主要人物の紹介をむねとするのに対し、挿絵は特定の場面の再現に重点が置かれています。また、口絵は美麗な多色摺の作例を多数有し、大きな判型で摺って折込まれることが少なくない一方、挿絵はたいていモノクロ、かつ一ページにおさまるサイズで制作されます。そうした相違のためか、挿絵には無名の絵師を起用することがあっても、口絵は名のある大家が描く場合がほとんどでした。

こうした明治文学の口絵・挿絵の源流は、戯作を中心とする近世の絵入り本まで遡《さかのぼ》れます。文芸と絵画を組合わせる方法やその職人たちが、維新を超えて明治にまで引継がれてきたのです。しかし、江戸と明治の連続性という点で何よりも重要なのは、作者がまず絵と本文の双方を記した稿本を作り、それを絵師と筆耕が描きなおしていた制作方法が、形を変えながらも広く受継がれたことでしょう。実は、明治に活躍した近代作家たちもまた、みずから口絵や挿絵の指示画を描いて絵師に与えていたのです。

この章では、口絵と挿絵の性格の違いや木版多色摺口絵の技法、そして近代作家たちが描いた指示画の実例をご紹介いたします。

①—1　柳川重信 画《八犬士髫歳白地蔵之図《はつけんしあげまきのときかくれあそびのづ》》

曲亭馬琴 著『南総里見八犬伝』肇輯巻一　口絵（山崎平八版、文化一一年）

『南総里見八犬伝』の初輯の巻頭につけられた口絵のうち最後の一枚。この輯の作品世界の時間軸ではまだ生まれてもいない八犬士たちが、ゝ大《ちゅだい》和尚のもとに集い「子をとろ子とろ」遊びに興じている場面である。予告的に主人公を描き、そのうち二人は女装姿として示すことで、先の展開について読者の想像を刺戟する効果を持つ。

国立国会図書館デジタルコレクション

国立国会図書館デジタルコレクション

①—2　柳川重信 画

《落羽岡に朴平 無垢三 光弘の近習とたゝかふ》

曲亭馬琴 著『南総里見八犬伝』肇輯巻一　挿絵（山崎平八版、文化一一年）

おなじ巻の口絵が登場人物紹介の性格を色濃く有し、象徴的に先の展開を描いていたのに対して、この挿絵は特定の場面の状況を再現するように描かれている。安房国の長狭・平郡二郡を治める神余《じんよ》長狭介《ながさのすけ》光弘《みつひろ》の近習で、悪名高い山下柵左衛門定《さくざえもんさだ》包《かね》を討とうとした農民の朴平《ぼくへい》と侠客の無垢三《むくぞう》が、定包の策にかかって光弘のほうを殺してしまい、逆徒として討たれる場面。定包はやがて光弘の領地を手に入れることになる。

## ①—3　尾形月耕 画

『絵本真田三代記』口絵（鶴声社、明治一九年一二月）

国立国会図書館デジタルコレクション

江戸後期に成立し、明治期に幾種類も刊行された実録体小説「真田三代記」の一本。戦国〜織豊期、信濃の国衆であった真田氏の興亡を、幸隆・真幸・幸村（信繁）・大助（治幸）らの活躍とともに描く。この月耕の口絵は、登場人物紹介の役割を担う典型的な例であり、真田氏が従った武田信玄と、剃髪後に一徳斎と名乗った幸隆の姿を描いている。

## ①—4　尾形月耕 画《真田幸隆山本勘介に対面の図》

『絵本真田三代記』挿絵（鶴声社、明治一九年一二月）

国立国会図書館デジタルコレクション

真田幸隆の居城である岩尾城を訪れた若き山本勘介が、城主の幸隆に謁見する場面を描いた挿絵。両者の熱心な対話の様子を示す、場面再現的な性格を色濃く有し、人物紹介的な口絵と場面再現的な挿絵という江戸以来の分業が、明治に出版された書籍にも受け継がれていることがわかる。作中では容貌がすぐれないとされる勘助の顔は描かずに、その風采ゆえに人に笑われていた彼の器量を見抜いて親しく語る、幸隆の人物眼を主題としている。

①—5　武内桂舟 画
巌谷小波 著『こがね丸』多色摺木版口絵（博文館、明治二四年一月）

博文館の叢書『少年文学』の第一編として刊行された、巌谷小波が少年文学に進むきっかけになった作品。白犬の黄金丸が義兄弟である犬の鷲郎《わしろう》と協力して、父・月丸を殺した虎の金眸《きんぼう》大王を討つという、『こがね丸』のストーリー全体を象徴する構図である。近代文学の時代が到来しても、口絵にはやはり人物紹介の機能が求められた。

①—6　武内桂舟 画
巌谷小波 著『こがね丸』挿絵（博文館、明治二四年一月）

黄金丸の父、月丸に恨みを持つ狐の聴水《ちょうすい》が、金眸《きんぼう》大王とともにその住処に向かうシーン。雪をしのぐために笠や蓑をかぶり、月丸の住処のほうを指さしている。本文の対応箇所に挿入され、いかにも場面再現の機能を担う挿絵らしい。絵が二分割されているのは、版面を大きく使って空間の広がりを表現する、「飛絵」と呼ばれた技法である。

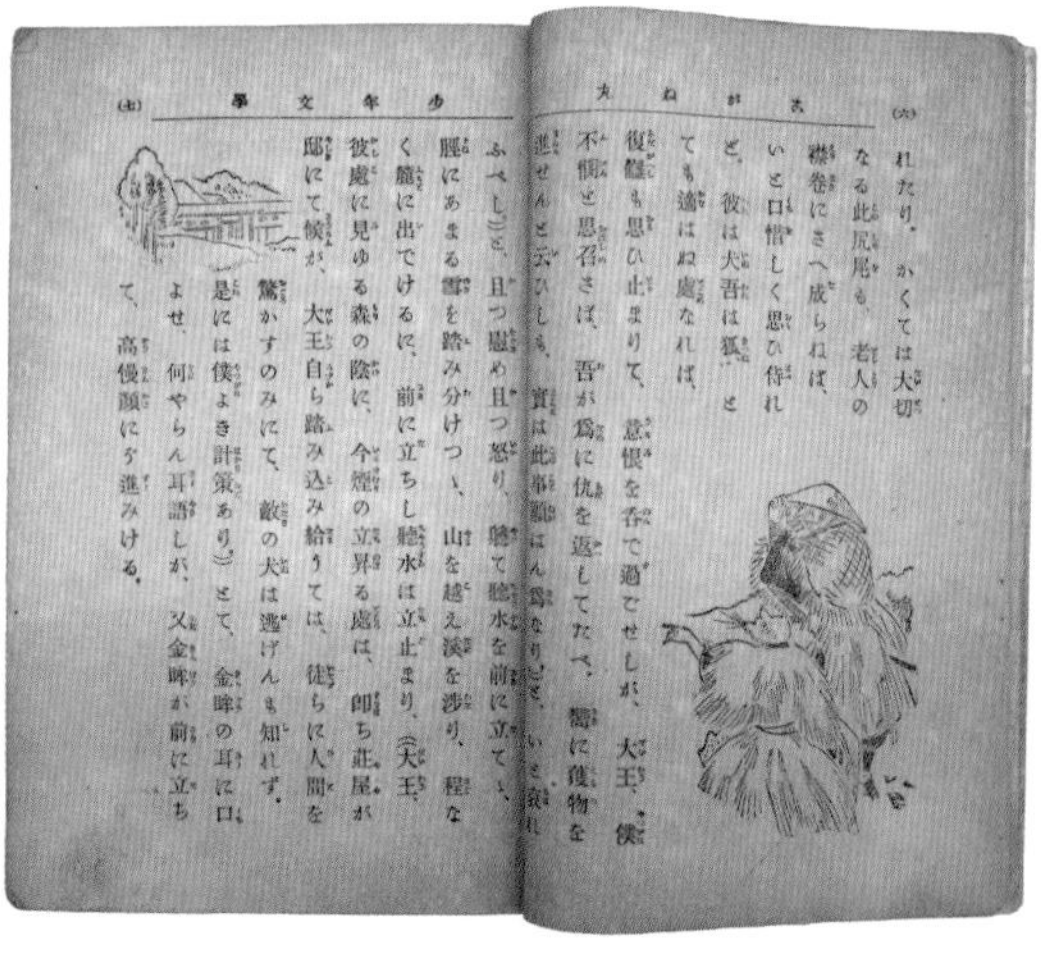
（六）　こがね丸

れたり。かくては大切なる此尻尾も、老人の襟巻にさへ成らねば、いと口惜しく思ひ侍れど、彼は犬吾は狐、とても適はぬ處なれば、復讎も思ひ止まりて、意恨を呑で過でせしが、大王、僕不憫と思召さば、吾が爲に仇を返してたべ。禮に獲物を進ぜんと云ひしも、實は此事[illegible]爲なりき。いざ[illegible]

（七）　少年文學

ふべし」と、且つ慰め且つ怒り、聽て聽水を前に立てゝ、腰にあまる雪を踏み分けつゝ、山を越え溪を渉り、程なく麓に出でけるに、前に立ちし聽水は立止まり、（大王、彼處に見ゆる森の陰に、今煙の立昇る處は、即ち莊屋が邸にて候が、大王自ら踏み込み給うては、徒らに人間を驚かすのみにて、敵の犬は逃げんも知れず。是には僕よき計策あり」とて、金眸の耳に口よせ、何やらん耳語しが、又金眸が前に立ちて、高慢顔にぞ進みける。

①—7　武内桂舟 画
尾崎紅葉 著『金色夜叉』前編
多色摺［石版］口絵
（春陽堂、明治三一年七月）

作品の第八章、熱海の海岸にて、富山唯継《ただつぐ》との結婚を選んだ鴫沢《しぎさわ》宮を責め、怒って蹴倒す間貫一《はざまかんいち》を描く。憤怒にとらわれる貫一と彼からの責めを受け続ける宮という、本作の基本的な人物像とその関係を紹介しつつ、ドラマティックな場面を選んで鮮やかに再現している。明治の口絵のなかで最もよく知られた作品のひとつだが、絵師の桂舟は「西洋インキで西洋紙に摺つて」みた、その色彩に強い不満を持っていた。

①―8 水野年方 画

幸田露伴、田村松魚 著『三保物語』多色摺木版口絵

（青木嵩山堂、明治三四年一月）

幸田露伴『新羽衣物語』（村井兄弟商会、明治三〇年八月）の続篇として、弟子の田村松魚《しょうぎょ》が師のアイディアをもとに書き継いだ作品。

描かれているのは三保の海岸にて語らう主人公の男女で、図柄としてはさして特徴的でないが、多色摺木版の技術の粋が集められ、きわめて凝った作りになっている。色彩豊かな印刷物がまだ少ない時代、鑑賞者はその美しさに魅了されただろう。多色摺木版口絵をご覧になる際には、ぜひこうした技法にもご注目いただきたい。

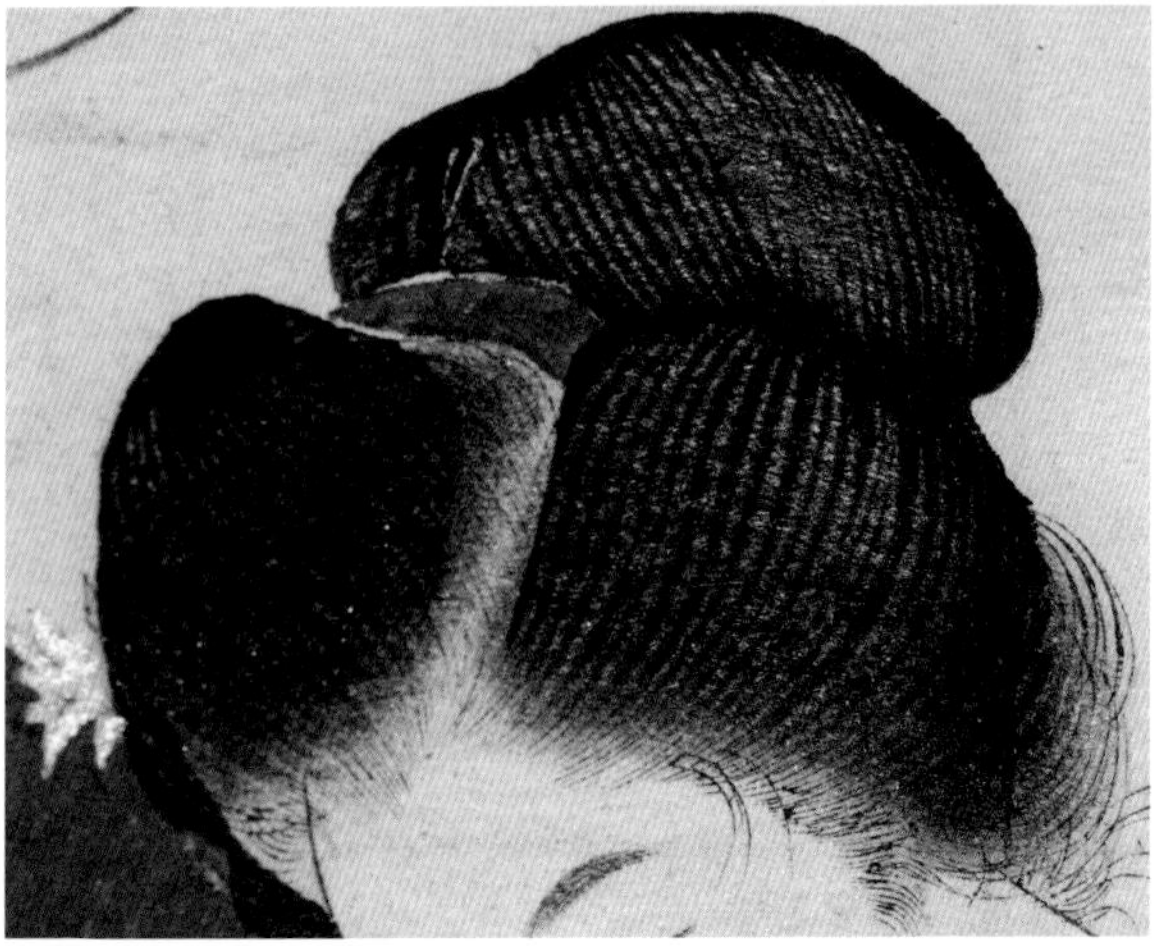

《女の髪》

髪の生えぎわは「頭彫《かしらぼ》り」といわれ、熟練の職人が担った。一ミリメートルに数本の髪の毛を刻む、彫りの超絶技巧である。これを摺った地墨版のうえに、生えぎわにかけてぼかしを入れた鼠色を重ね、その上に通し毛を彫った艶墨を載せて立体感を生み出している。あるいは、墨版がさらにもう一版重ねられている可能性もある。斜めからの光りに照らしてはじめて浮びあがる、こちらは摺りの技法である。加えて、控えめな簪《かんざし》にはキラがかけられ、黒髪の艶やかさを際立たせている。

《女の目》

まぶたの二重まで彫ったうえで、墨版に焦茶色を重ねて瞳を表現している。細い目ながら、黒目（虹彩）だけを単純に描くのではなく、瞳孔まで表現されていることに注目されたい。また、眉毛の毛彫りは髪の生えぎわよりさらに細かく、もはや肉眼では判別困難なまでに達している。この口絵のなかで、最も細かく彫られた部分である。

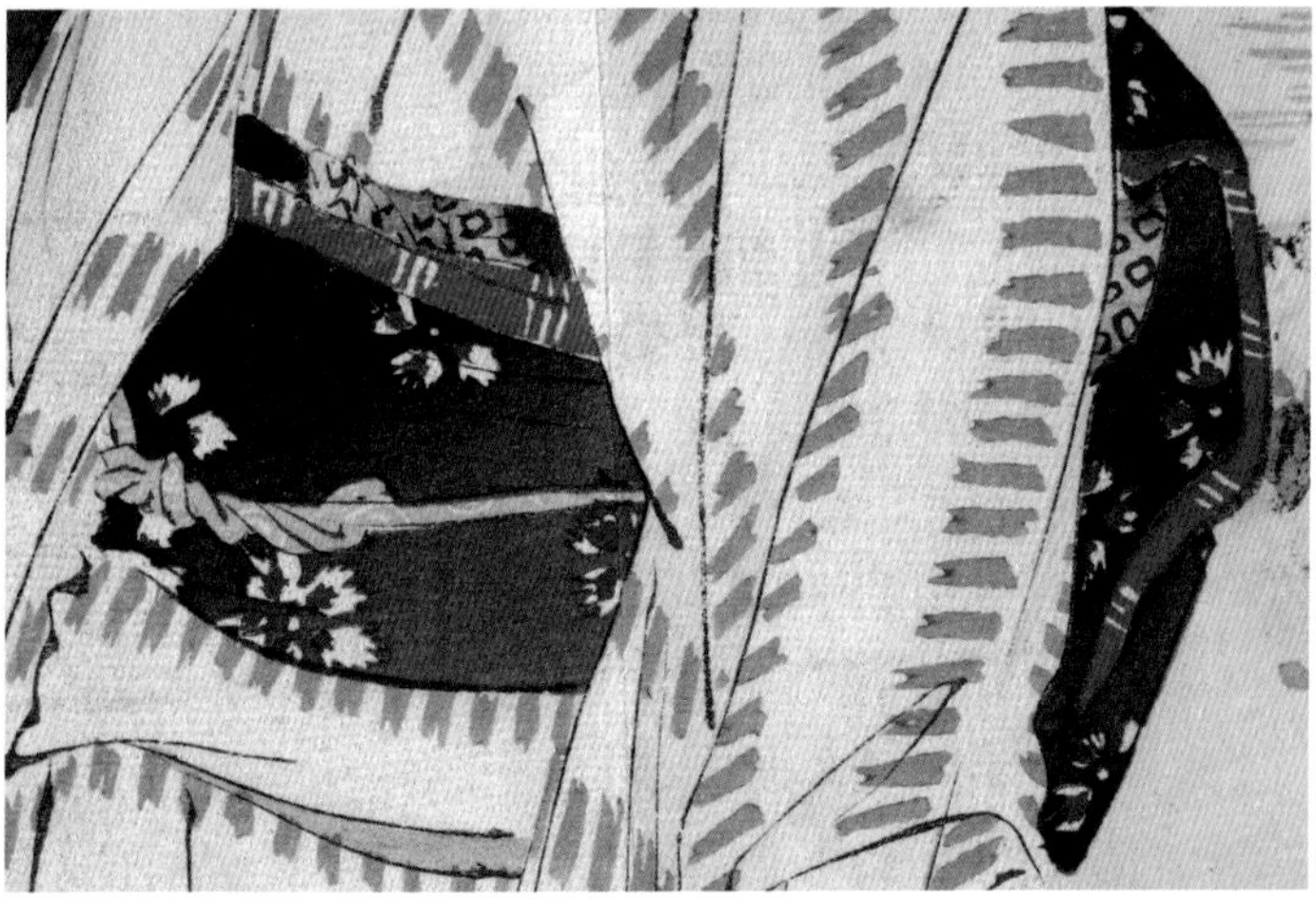

《女の帯》

女の帯にだけ朱や赤紫を用いることで、全体に落ちついた色彩を用いた画面のなかで、鑑賞者の目を惹くアクセントとしている。帯締めにも細かな模様が施され、帯の地は拭きぼかしをかけるなど、人物の顔に次いで注目される点として、念の入った作り込みとなっている。

《男の帽子》

男の帽子は地の紙色ではなく、おそらくは胡粉によって白さが演出され、しかもクラウンとブリムの光があたらない部分は紙色を残すことで、繊細な陰翳を表現している。その白さを、リボンにかけられた薄い艶墨が引立てている。同様の白の表現は、男の襟と帯、女の肌にも用いられており、目立たない部分にも工夫が凝らされていたのである。

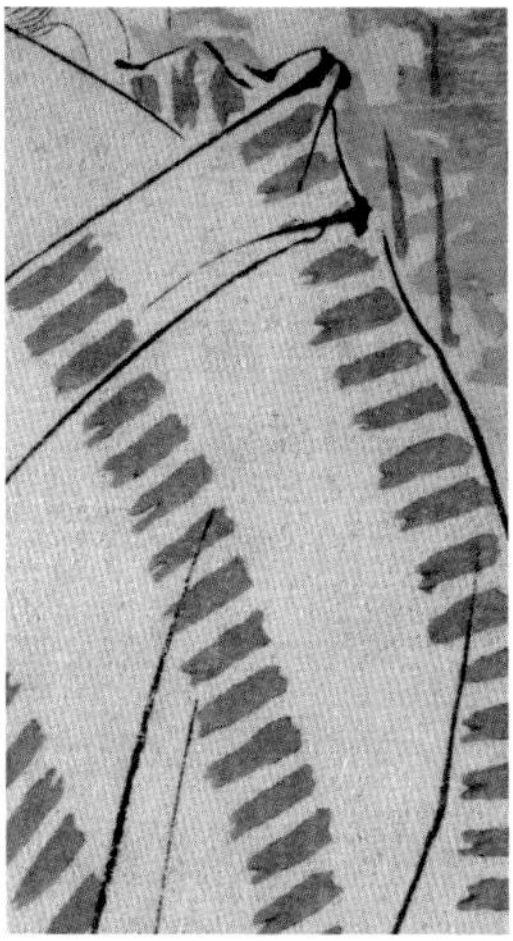

《女の着物と男の着物》

女の着物の色彩は渋い浅葱色のみだが、から摺り（布目摺り）によって生地感が演出されている。一方、男の羽織には女の頭髪同様、艶のある線が薄く重ねられ、両者の着物の質感の違いがあらわされている。伯爵家の長男である男と、農家の娘である女の対比を念頭に置いた表現と考えられ、いずれも斜光によってはじめて浮びあがる。さらに、男の着物と羽織には裾に拭きぼかしをかけて身長の高さを感じさせ、羽織の両肩あたりには木目と馬連《ばれん》跡による斜線を入れて、皺まで感じさせている。

《砂浜》

左下の砂浜は上から下にかけて、右下は下から上にかけて拭きぼかしを施し、さらに馬連跡を見せることで、砂浜のざらつきや凹凸を表現している。同様の拭きぼかしは遠景の水平線と岬、霞に浮び上がる富士の輪郭などにも多用され、こちらは湿潤な空気の表現となっている。版画であっても肉筆に近い表現が追求され、「画いたやうに刷れ」と言われた時代ならではの、繊細な表現である。

## ①—9 歌川国貞 画

柳亭種彦 著『偐紫田舎源氏《にせむらさきいなかげんじ》』稿本・版本（「新小説」明治三〇年一〇月）

稿本とは絵と文章をともに記した、作者自筆の原稿のこと。これが絵師および筆耕のもとに回され、描画・清書されることによって版下が作られ、それを彫師が木の板（多くは桜）に裏返しに貼りつけて彫ってゆく。ゆえに、版下はかならず失われるが、稿本は比較的残存する。種彦は絵がたいへんうまく、稿本の描画も本職の絵師と見まがう出来であり、このまま彫りに送られてもおかしくないのではないかとすら思わせる。

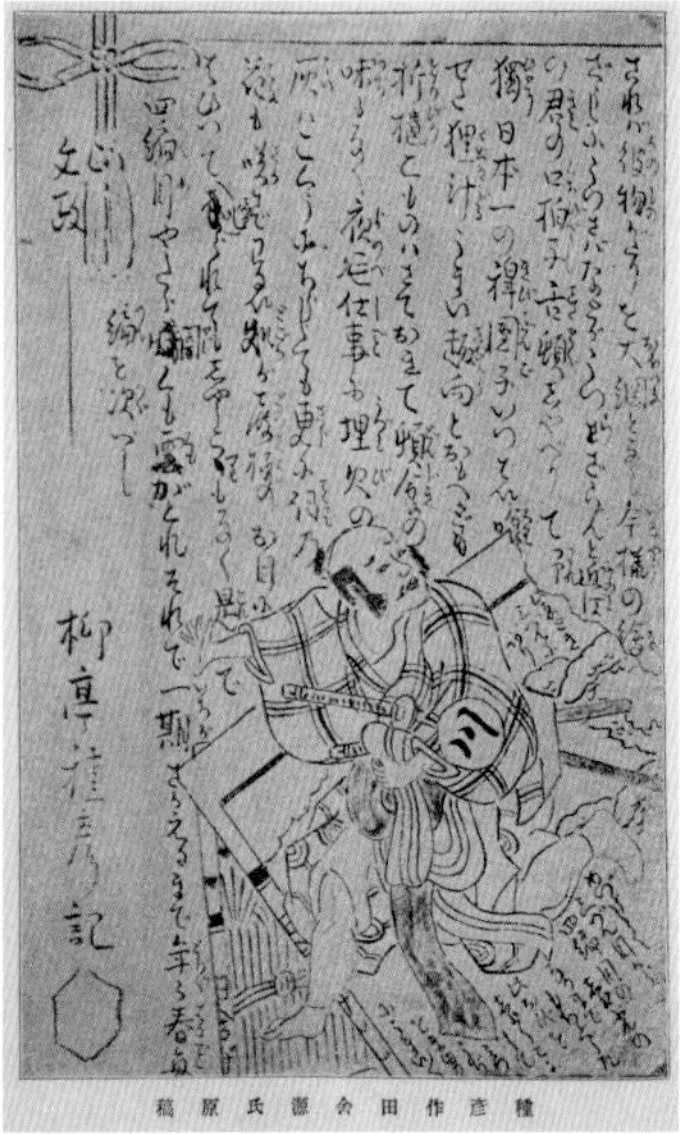

種彦作田舎源氏原稿

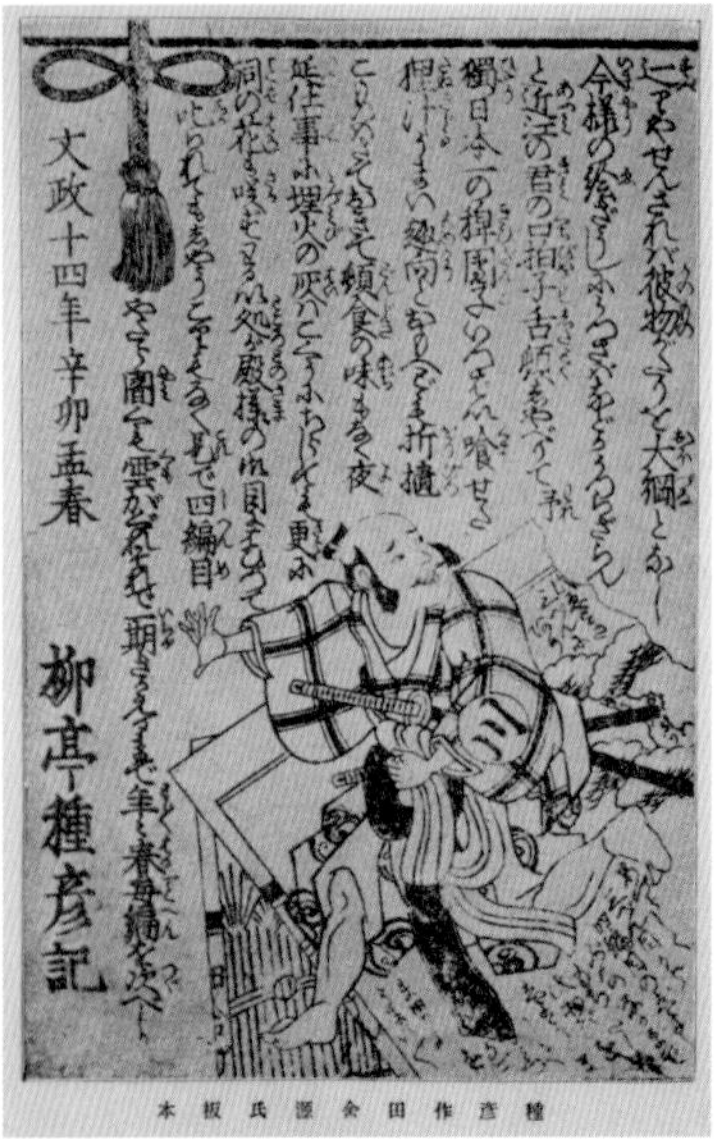

種彦作田舎源氏板本

## ①—10 曲亭馬琴 自筆

『南総里見八犬伝』九輯巻一 稿本 口絵

馬琴が作った稿本の口絵部分。今日では文学史に登場し、一般には作家として認識されている馬琴だが、戯作者としては絵師に指示を与えることが必須であり、描画も重要な仕事の一部であった。種彦ほどではないながら、一定の絵の技倆を有していたことがわかる。

## ①—11 二世柳川重信 画《創業義を尚び守文弥よ賢なり》

曲亭馬琴 著『南総里見八犬伝』九輯巻一 口絵

（丁字屋平兵衛版、天保六年）

【①—10】と対応する版本の口絵。絵師の二世重信は、おおむね馬琴の描いた稿本の構図どおりに仕上げている。しかしよく見ると、稿本では観賞者（読者）に背中を向けていた画面左側（六丁オ）の東六郎辰相《とうのろくろうときすけ》が、版本ではこちら向きに変えられていること、伏姫の近くにいる八房《やつふさ》（犬）の位置が変更されていることなどに気がつく。こういった調整をほどこし、稿本の指示を一葉の絵にまとめあげてゆくのが、絵師の腕であった。

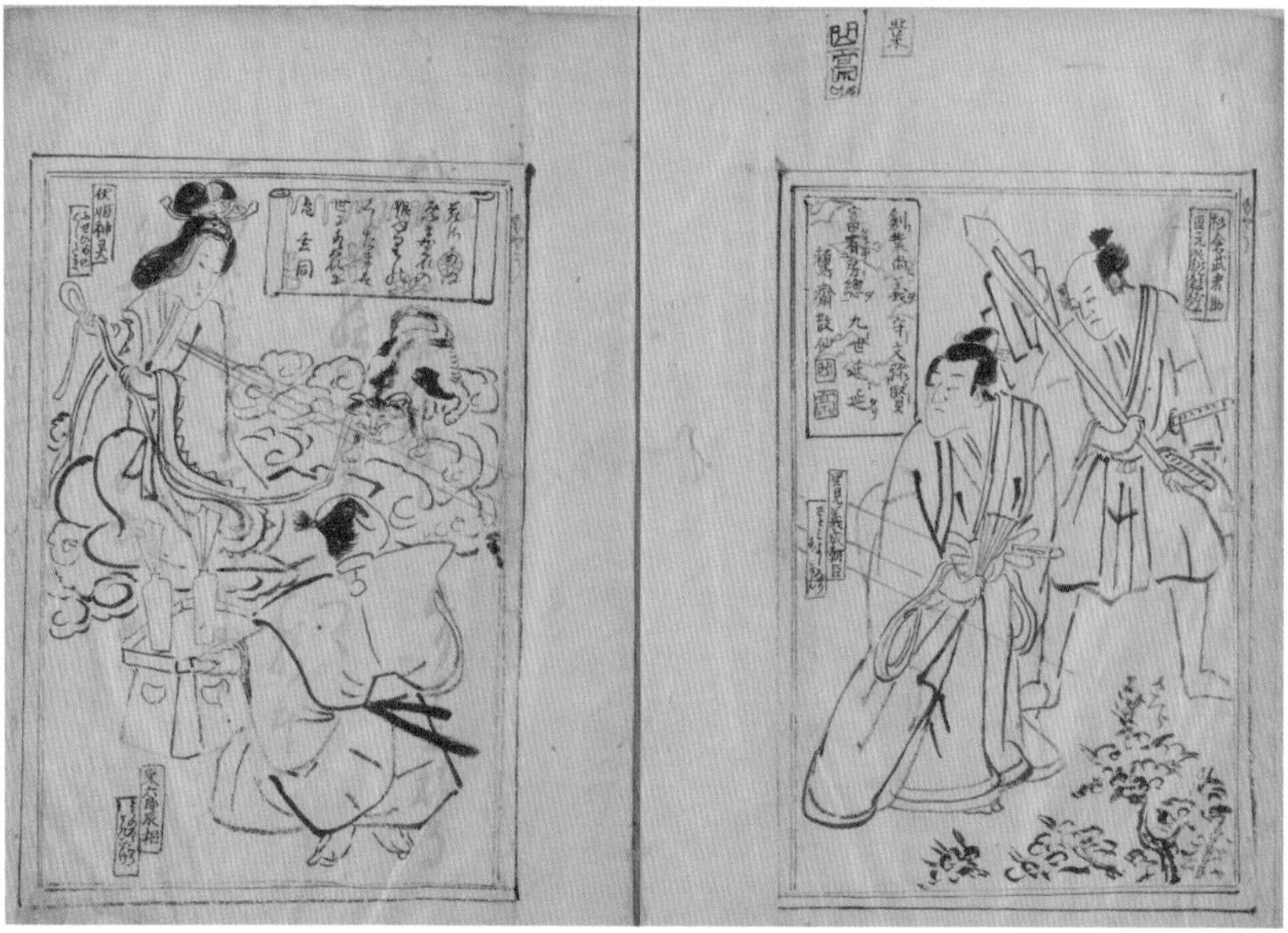

国立国会図書館デジタルコレクション

国立国会図書館デジタルコレクション

## ①—12 仮名垣魯文 原稿並挿画下絵・書簡

仮名垣魯文が原稿用紙に描いた、挿絵のための指示画。文字で季節や人物、状況などの注記が加えられているが、絵だけでも指示の役割を十分果たせるほど詳細に描かれている。なお、どの作品についての指示画であるのかは、現時点では未調査。宛書の「尾形さま」は、尾形月耕のことか。

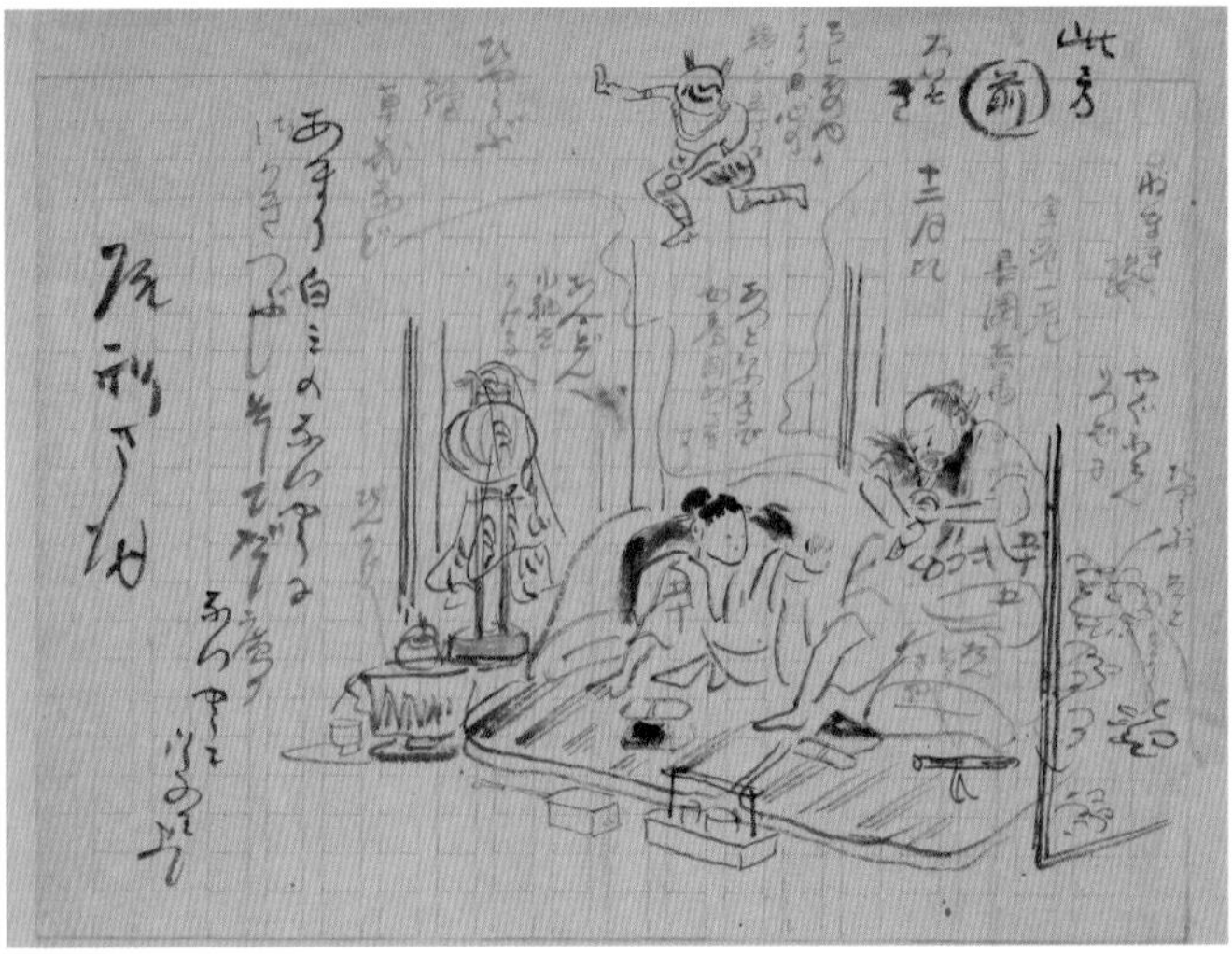

早稲田大学図書館蔵

## ①—13 仮名垣魯文 下絵

（「早稲田文学」大正一四年三月）

おなじく仮名垣魯文が描いた指示画。こちらは文字情報よりも圧倒的に絵の情報のほうが多く、浪人たちがどこか、おそらくは室内へ討ち入りをする場面とわかる。本資料についても、これをもとに描かれた挿絵の特定にはおよんでいない。

## ①—14 高畠藍泉《たかばたけらんせん》 書簡：三品藺渓《みしなりんけい》宛

高畠藍泉は、維新前は絵師として立った人物。明治に入って「東京日日新聞」「平仮名絵入新聞」「読売新聞」などで記者として活躍、戯作者として三世柳亭種彦を名乗るにいたった。本資料も、いずれかの絵入り新聞小説のために描いた指示画と思われるが、もともと絵師だったこともあって、言葉による注記がほとんど必要ない、見事な質の下絵である。

2点ともに早稲田大学図書館蔵

①—15 **坪内逍遙 自筆指示画《池之端の出会ひ》**

『当世書生気質』第六回「許《いつはり》は以て非を飾るに足る　善悪の差別《けじめ》もわかうどの悪所通ひ」で、医学生の野々口が上野の仲町にて、人力車に乗って通りすがる友人の倉瀬と出会う場面。かわいらしい筆致で、しかし指示画としての役割はしっかりと果たす絵となっている。

早稲田大学図書館蔵

①—16 **長原止水 画**
**坪内逍遙 著『当世書生気質』五号挿絵**（晩青堂、明治一八年八月）

本書には第一号以下、伝統的な浮世絵風の挿絵が入れられてきたが、新時代の書生の風俗にはそぐわないと見た洋画家の長原止水が、みずから望んで描いた挿絵である。逍遙が指示した場面はそのままに、一点消失の線遠近法や洋画風の陰翳表現を用いて、立体的に描きなおしている。人力車の車輪の大きさ、舞いあがる土埃、進行方向と逆にいる友人のほうへからだをひねる上半身の運動などによって、場面の臨場感が伝わってくる。

## ①―17　坪内逍遙 自筆指示画《塾舎の西瓜割り》

『当世書生気質』第九回「一得あれば一失あり　一我意あれば一理もある書生の演説」で、書生の須河と桐山が西瓜を食べようとするもののナイフが見あたらず、仕方なく桐山が素手で西瓜を割ろうとする場面。逍遙による指示画はやはり、当時一般的だった浮世絵風の画面構成で描かれ、こちらには人物や場所についての注記が加えられている。

早稲田大学図書館蔵

## ①―18　長原止水 画
## 坪内逍遙 著『当世書生気質』八号挿絵（晩青堂、明治一八年八月）

第五号の挿絵【①―16】同様の事情で、長原止水が手がけた挿絵。洋画風に描きなおしているが、破れた障子、ランプ、本箱、行李などの小物は逍遙の指示画どおりに描かれ、これに本が散らばっている様子を加えて書生の部屋の雰囲気を再現している。画面左でクローズアップされる、西瓜を割ろうとする桐山は、小説内で示されたように後頭部が禿げている。

早稲田大学図書館蔵

①―19 坪内逍遙 自筆指示画《未来の夢》

逍遙自筆の指示画で、こちらにも詳細な注記が加えられているが、実際には使用されなかったものと見られる。

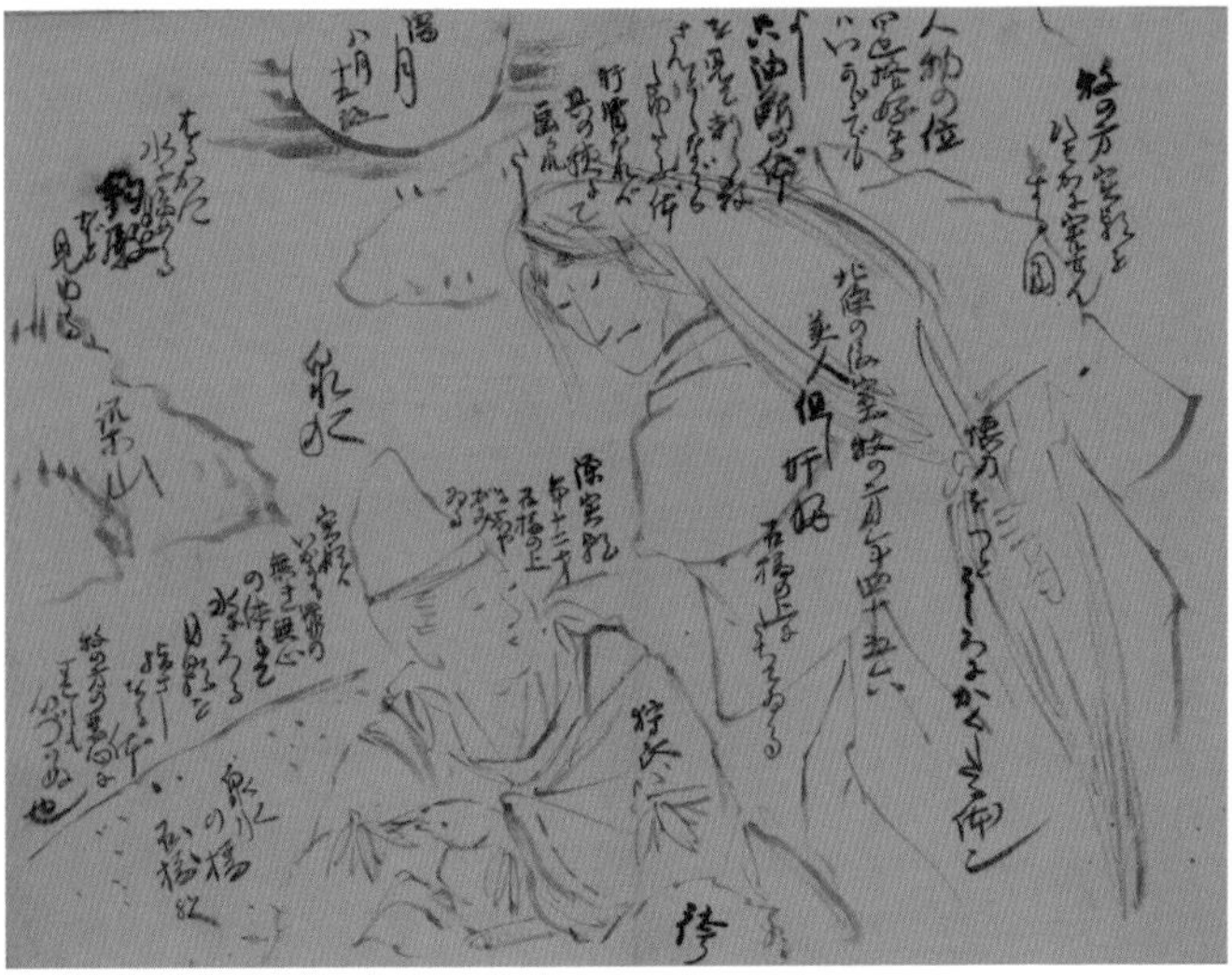

早稲田大学図書館蔵

## ①—20 坪内逍遥 自筆指示画《牧の方口絵下絵》

一二歳で鎌倉幕府の征夷大将軍となった源実朝を暗殺し、幕府の実権を握ろうとした牧の方の物語を扱った戯曲。牧の方は幕府の初代執権、北条時政の後妻で、彼の娘で実朝の母・北条政子とは継母子の関係にあたる。本資料は逍遥自筆の指示画で、牧の方が背に刀を忍ばせ、実朝の肩に片手をのせる緊迫感あふれる場面を描くよう指示している。詳細な注記が加えられ、特にまだ幼い実朝を殺してよいかどうか「たゆたふ体」が肝心だとされている。

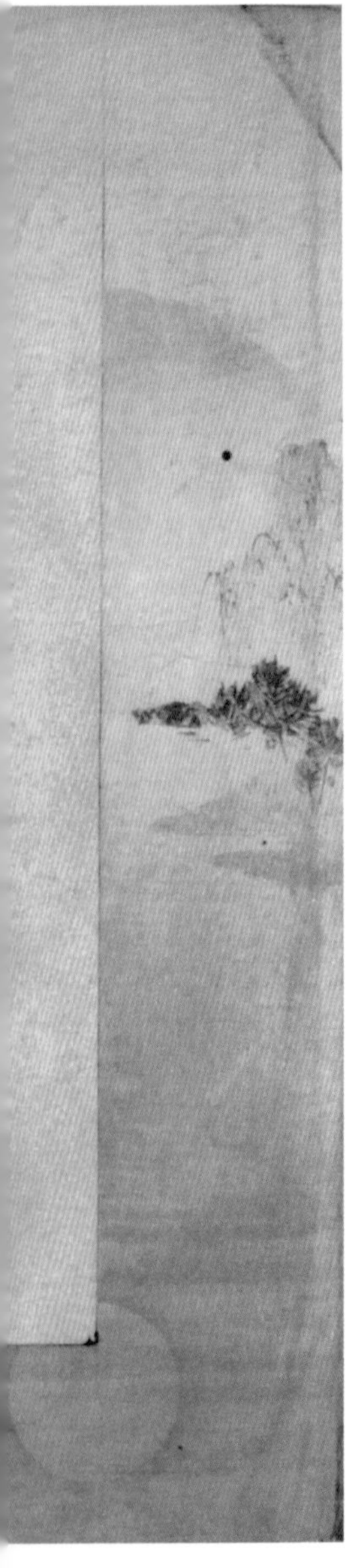

## ①—21 渡辺省亭《せいてい》 画
### 坪内逍遥 著『牧の方』多色摺木版口絵（春陽堂、明治三〇年五月）

逍遥の指示画を受けて描かれた口絵。前のめりだった牧の方の姿勢が、後ろにそるように変更されている。また、実朝の肩に手をのせるまでの接近はせず、目を合わせて相対する形での構図となった。逍遥が指示画に、「人物の位置格好等はいかゞでもよし」と記したのを受けての変更と考えられ、それによって「たゆたふ体」はよく表現されている。

## ①—22　坪内逍遙　自筆指示画《牧の方挿絵下絵》

（「新小説」明治三〇年五月）

おなじく『牧の方』のために描かれた指示画だが、雑誌に転載された影印のみで伝わっている。作品第二段、夜の田舎道にて北条時政の子である義時が、牧の方のために毒薬を調合した医師宗近を切り捨てた場面。人物の年恰好のみならず、遠景の林や田圃にいたるまで詳細な注記を入れている。

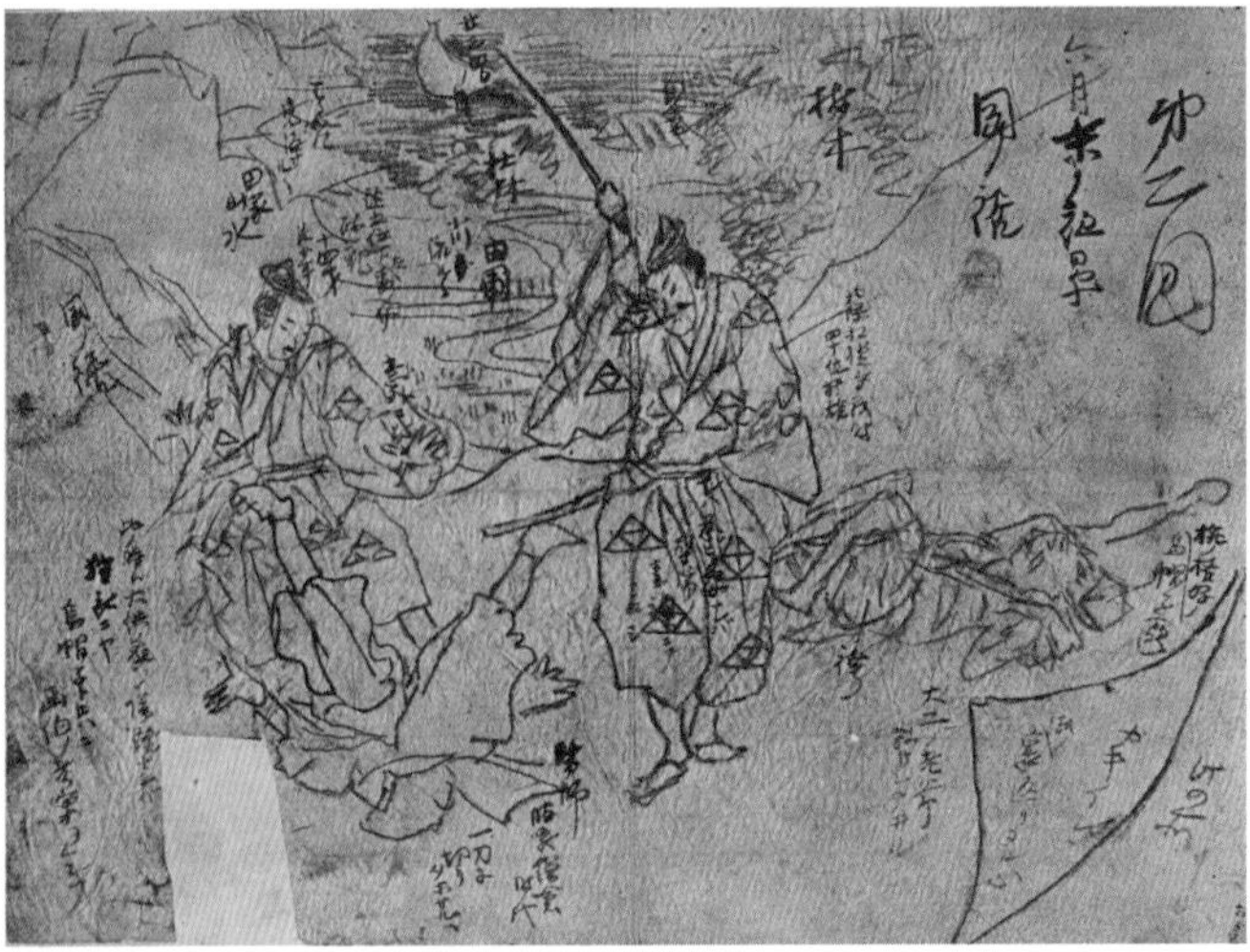

## ①—23　武内桂舟　画

坪内逍遙　著『牧の方』挿絵（春陽堂、明治三〇年五月）

逍遙の指示画をもとに描かれた挿絵。桂舟はその指示に忠実に従っており、合巻などに時おり見られる、画面右下の紙がめくれて該当する文章がのぞく工夫まで、逍遙による意匠の再現につとめている。ただし、中央の北条義時が振りかぶる刀の角度のみ、逍遙の指示画は人体表現として不自然であるため、自然な形に描きなおされている。

## ①—26　尾崎紅葉　自筆《多情多恨指定画》

寺崎広業に与えられた指示画で、破棄寸前に弟子の稲田吾山がくずかごのなかから拾いあげ、もらい受けたことで伝わった。深夜、亡妻お類を思って泣く柳之助を元気づけようとし、彼の親友である葉山の妻お種が、片手に葡萄酒とコップを載せた盆、片手にランプを持って梯子段をあがってくる場面。「人物ヲヤ、小ブリニカキテ周囲ノ闇ニテ引立タセル」というのが、紅葉の指示であった。

## ①—24 尾崎紅葉 自筆指示画《紅葉山人下絵》

（「新小説」明治三〇年五月）

紅葉が単行本『多情多恨』のために描いた指示画で、本の刊行よりも先に「新小説」誌に転載された。現物の伝存は未確認。紅葉は、絵については概略だけを描くのみで、むしろ言葉によって多くを指示している。着物についての注記に加え、「五十近キ男マサリの母親」「六十近キ実定アルヤトヒ婆」「十八九ノ目鏡カケタルボツトリ娘」など、年齢や性格の細かい指定をしている。妻を失った柳之助を励まそうと、義理の母・妹、使用人の三人が掃除をする場面。

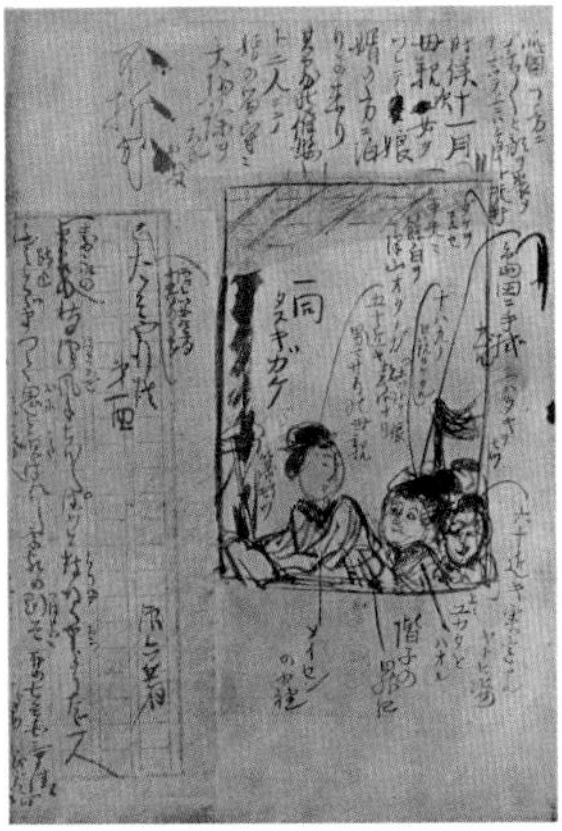

## ①—25 尾形月耕 画《お客の災難》

尾崎紅葉 著『多情多恨』挿絵（春陽堂、明治三〇年七月）

紅葉の指示画どおり、三人の年齢の違う女がはたきや箒を持ち、掃除をするところを描いている。画面中央上部、天井の下に大きな余白が設けられているのも、「中央ニ余白ヲ沢山オクノガ趣向ナリ」という紅葉の指示を忠実に再現した結果であろう。これは、妻を亡くした柳之助や、主婦を失ったこの家自体が抱え込んだ空虚の象徴と解される。

早稲田大学図書館蔵

## ①—27 寺崎広業 画《寝覚の盃》

尾崎紅葉 著『多情多恨』挿絵（春陽堂、明治三〇年七月）

紅葉の指示どおり、お種の周りに黒々とした闇がたっぷりと描かれた画面となった。このあとお種は、ランプのわずかな明かりのなか、すでに布団に入っている柳之助に葡萄酒を注いで差し出す。この闇の深さには、二人の関係の危うさが暗示されている。

早稲田大学図書館蔵

①—28 村上浪六 自筆《たそや行燈指定画》

浪六が『たそや行灯』のために描いた指示画で、「どんすの羽織」や「あまがさ」をかぶって身をかくし、馬で吉原に向かう男たちが描かれている。

①—29 渡辺省亭 画
村上浪六 著『たそや行灯』多色摺木版口絵
(春陽堂、明治二七年一二月)

渡辺省亭は、指示画に描かれた月夜の草原を馬で走る男たちを中央の丸枠内に採用しつつも、作中の様々な登場人物や場面をいくつもコラージュするようにして描き、工夫のある口絵に仕立てた。

①—30 島崎藤村 自筆《「老嬢」参考図意》

①—31 鏑木清方 画

島崎藤村 著『緑葉集』口絵（春陽堂、明治四〇年一月）

短篇集『緑葉集』のために島崎藤村が鏑木清方に与えた指示画と、それをもとに清方が描いた口絵。取材された作品は、集中の一篇「老嬢」である。本作はすでに明治三六年に「太陽」に発表されており、また清方は文学にも深く親しんでいたが、当時は本文を読まない絵師が少なくなかったためだろう、藤村は当該本文を抄出したうえで場面についての注記を加えている。

© Akio Nemoto

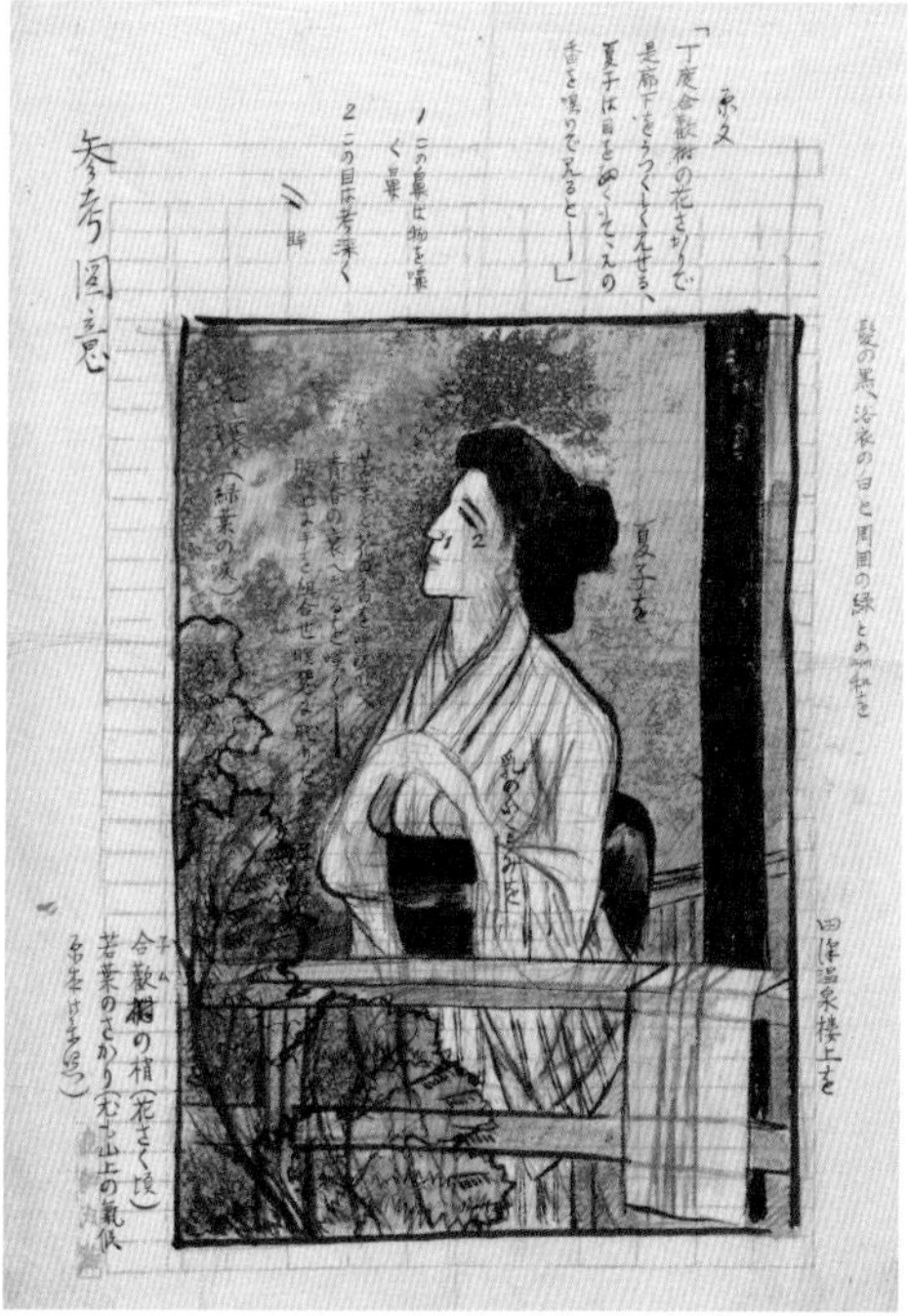


鎌倉市鏑木清方《かぶらききよかた》記念美術館蔵

①—32 島崎藤村 自筆『破戒』のうち「姉弟」参考図意

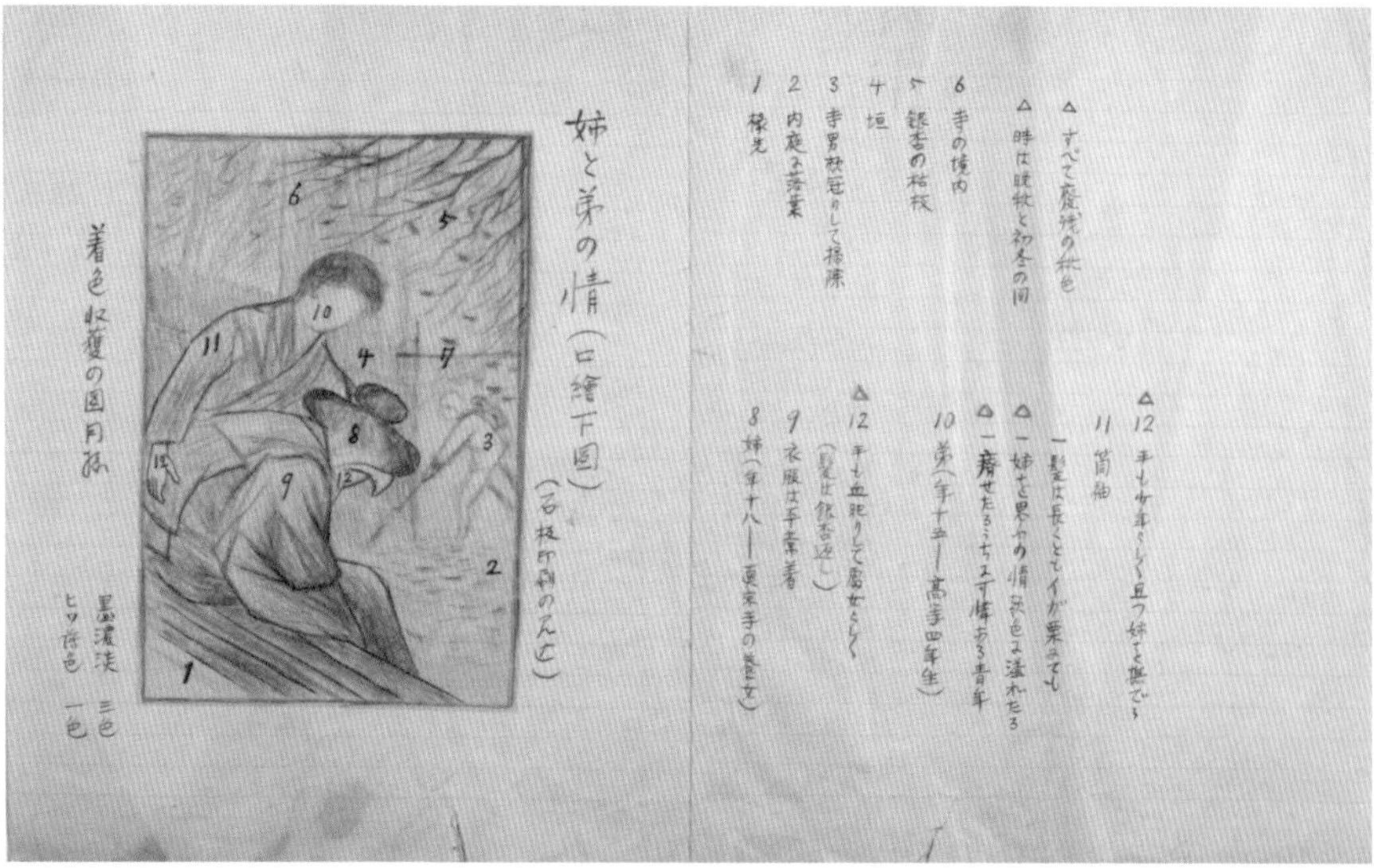


鎌倉市鏑木清方記念美術館蔵

①—33 鏑木清方 画《姉弟》
島崎藤村 著『破戒』口絵（島崎藤村私家版、明治三九年三月）

『破戒』の口絵にまつわる、前の【①—30・31】と同様の資料。いずれも、「浪六氏や藤村氏は…大体の心持を画いた下書きを下さつたものです」（「挿絵・口絵の変遷」、「国語と国文学」昭和九年八月）という、清方の回想を裏づけている。明治末期になってもなお、作家が絵まで統括する慣習が続いていたことを物語っている。

日本近代文学館にて開催された「明治文学の彩り　口絵・挿絵の世界」展ポスター
本書の元となった展示は、2022 年 1 月 8 日から 2 月 26 日まで開催された。
主催は公益財団法人日本近代文学館、編集委員は出口智之、安藤宏。

# 第Ⅱ章　作家と出版社の挑戦

絵師や画家が作品を読んで自由に描くのではなく、作家や編集者などが場面や構図を指示する制作慣習は、絵を活用した様々な試みを生み出しました。作家たちは、本文と口絵・挿絵がセットで読者に届けられることを知っていたのですから、それを見込んで効果を挙げようとするのは自然な発想だったはずです。まず思いつくのは、過去に起った重要な出来事や物語全体に底流するモチーフを、本文では詳述せずにあえて第一印象の強い絵のほうに描き、その印象のもとに作品が読まれるよう仕組むことでしょう。しかし、明治の作家たちの挑戦はそれだけではありませんでした。

本文には物語の結末を記さず、絵で伝えた例。登場人物同士の関係性や物語の読みどころを絵によって示し、読書をサポートしようとした例。本文とはまったく違う内容を描いて読者をミスリードしたうえで、本文でのどんでん返しを企図した例まであります。

出版社の側も負けてはいません。絵によって作者のイメージ形成を狙ったり、斬新な印刷技法を用いて目を惹いたり、描かれた人物像を再利用して附録を作ったり、現代にもつながる発想がすでに生れていたのです。明治人たちが考え出したあの手この手を、ぜひお楽しみください。

②―1　渡辺省亭　画

坪内逍遥　著『自由太刀余波鋭鋒《じゆうのたちなごりのきれあじ》』第一齣第二場木版挿絵（東洋館、明治一七年五月）

シェイクスピア「ジュリアス・シーザー」の翻訳。挿絵を描くはずだった松本楓湖《ふうこ》が辞退したため、おなじ菊池容斎門で、すでに本絵師として活躍していた渡辺省亭が起用された。明治一一年のパリ万国博覧会に際して渡仏し、エドガー・ドガらとの交流もあった省亭ゆえ、日本画の枠内にとどまらず、ローマ時代の風俗を描くことが可能になったものだろう。本作で注目を集めた省亭は、本絵のみならず口絵・挿絵界でも先頭に立って活躍することになる。

②―2　渡辺省亭　画

山田美妙　著「蝴蝶《こちょう》」木版挿絵（「国民之友」明治二二年一月二日）

「蝴蝶」は、壇ノ浦の戦いを背景に展開される時代小説。主人公の宮女蝴蝶の裸身をあからさまに描いて激しい議論を巻き起こし、明治年間における裸体画論争の先駆けとなった。美妙自身、本作の図案は自分が指示したと述べており（「蝴蝶及び蝴蝶の図の就き学海先生と漣山人との評」、「国民之友」明治二二年二月二日）、ある程度は意図的な戦略のもとに裸体画を入れたことがうかがえる。

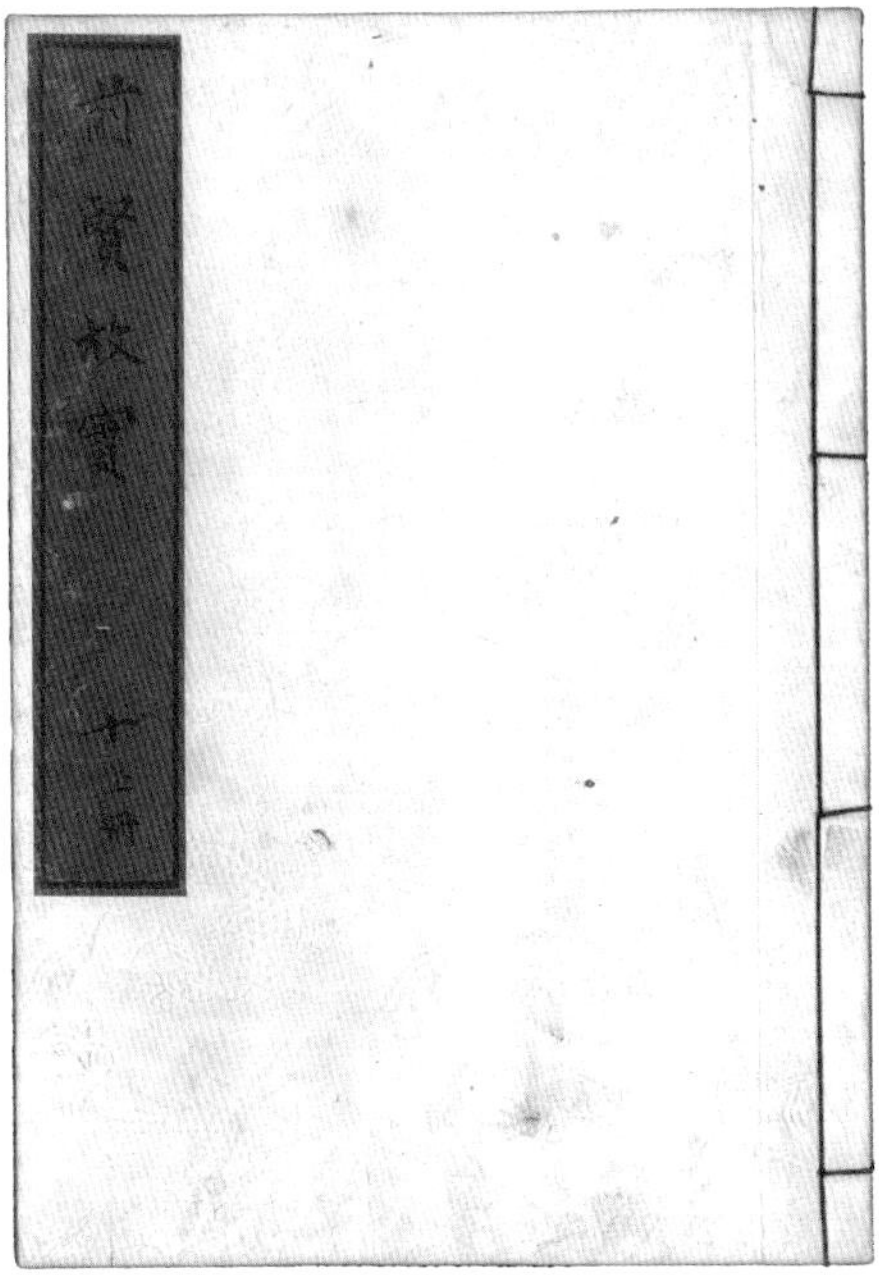

小金沢智氏蔵

②—3 **菊池容斎 画《塩冶高貞《えんやたかさだ》妻》**

**『前賢故実』巻第十 上冊**（吉川半七、林平次郎［明治期］）

省亭の師、菊池容斎『前賢故実』の一枚。「蝴蝶」の挿絵と人物の姿勢がおなじなのは明らかだが、美妙は両者の関係を強く否定しており、その背後には、挿絵まで含めて作品世界を統御しようとする作者としての意識がうかがえる。一方、省亭はこの画題の本絵をすでに幾度も描いており、論争の過熱には戸惑ったであろう。そこには、本文との強い結びつきのなかで、物語と登場人物に即して理解される挿絵ならではの難しさが顕在化していたのだった。

## ②—4 水野年方 画

### 樋口一葉 著「ゆく雲」挿絵（「太陽」明治二八年五月）

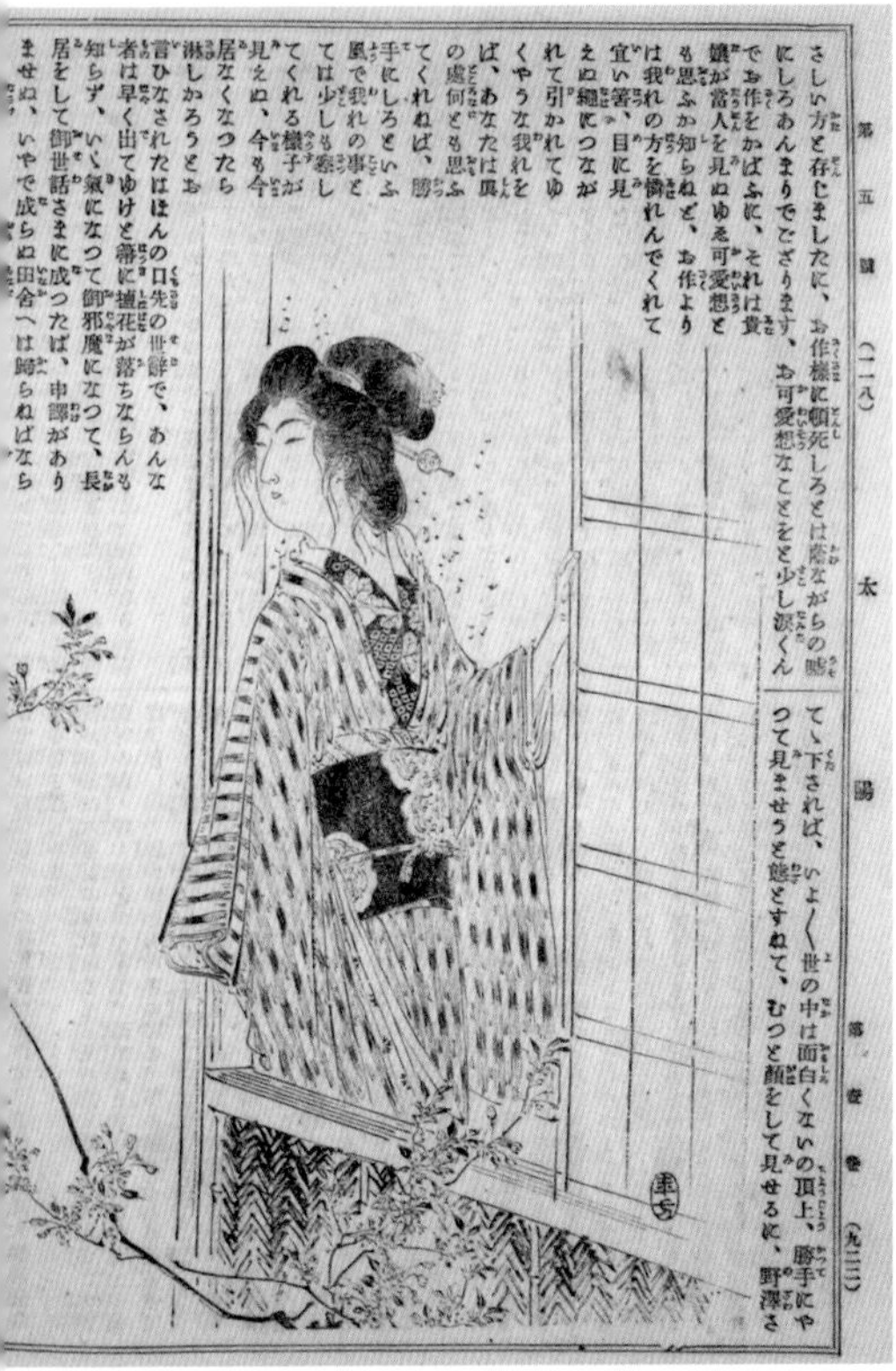


物語最終部、帰雁を眺めながら去った男に思いを馳せるお縫を描いた挿絵。これについて、編集者大橋乙羽は四月一一日付の書簡で、「下絵は早速画工にかゝせ目下木板下の方へ廻し置申候」と一葉に報告しつつ、「小説の原稿は如何に候哉」と問い合わせている（『樋口一葉来簡集』筑摩書房、平成一〇年）。従って、脱稿以前に一葉が指示画を描いたことは確実だが、対応する場面は作品本文に存在しない。本文に記さない内容をあえて挿絵で示し、絵と本文で複合的に物語内容を示そうとしたものか。

## ②—5 中江玉桂 画

### 樋口一葉 著「十三夜」上 挿絵（「文芸倶楽部」明治二八年一二月一〇日）

離縁を願い、実家の父母のもとを訪れたお関が、「太郎を寐《ね》かしつけて、最早《もう》あの顔を見ぬ決心で出て参りました」とだけ言及する、子別れの場面を描いている。子の寝顔を前に、顔を覆って泣くお関の姿を挿絵に描くことで、彼女の強い言葉とは裏腹に、実際には子との別れが非常につらく、決して思い切れてなどいないことが示されている。登場人物の発話の背後にある心情を、補完的に描き出した挿絵の例である。

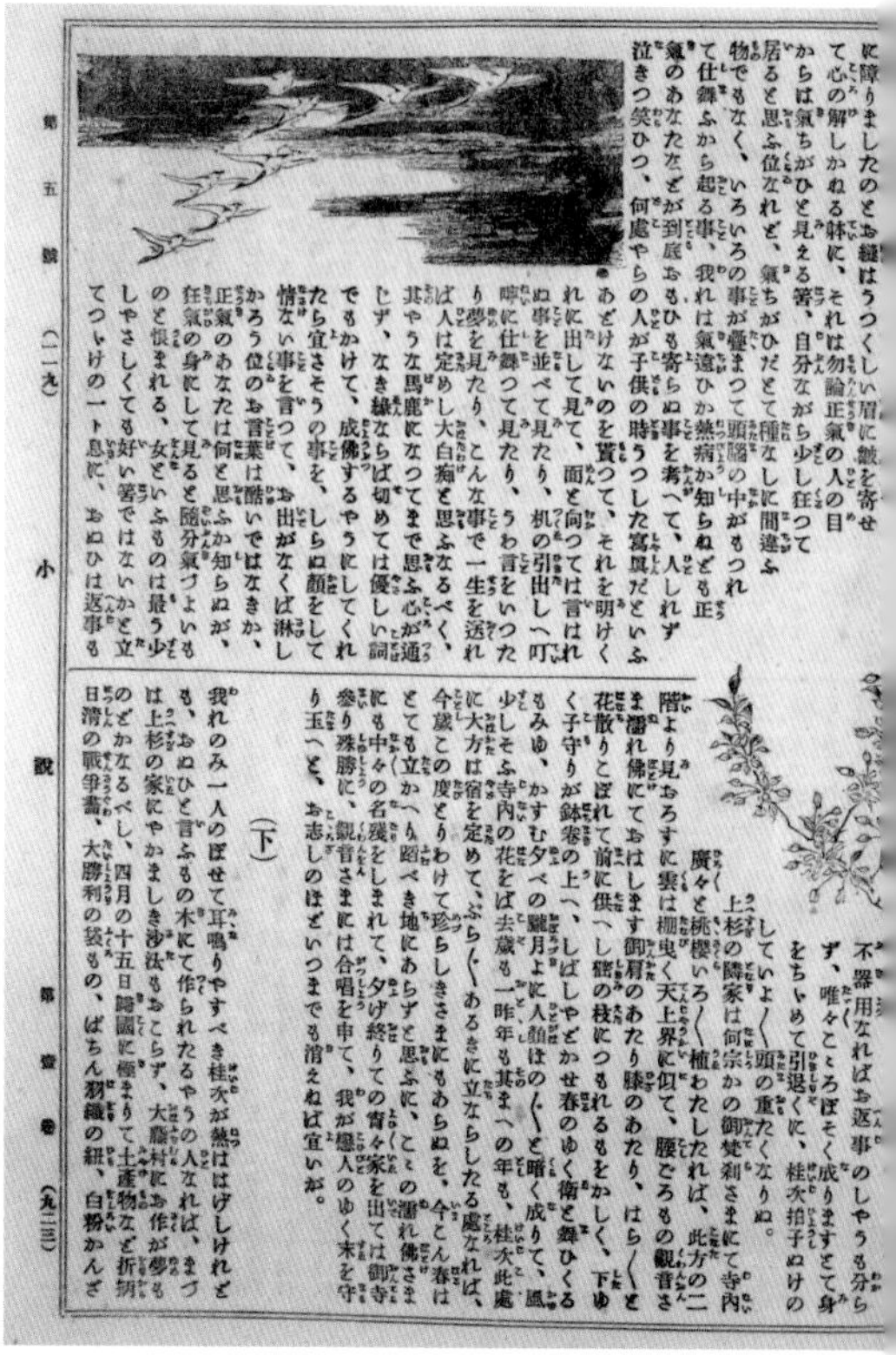

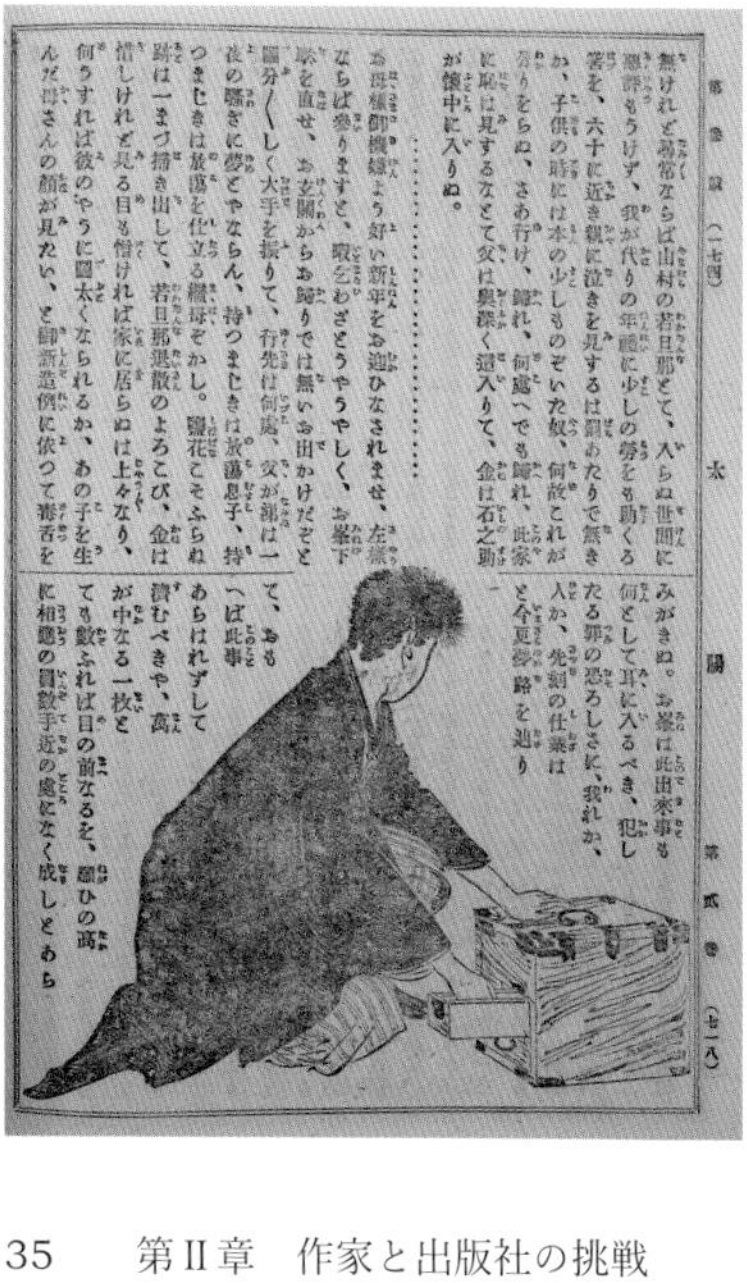

## ②―6　絵師不明

樋口一葉著「大つごもり」下 挿絵

（「太陽」明治二九年二月五日、再掲本文）

懸硯《かけすずり》の抽斗《ひきだし》から金を取り出そうとする石之助の姿は、実際には本文では描写されていない。「引出しの分も拝借致し候　石之助」という、書き置きの文面から想像される場面を絵で示している。「十三夜」挿絵【②―5】とおなじく、通常なら描くべき人物の顔をあえて隠すことで、彼がお関の盗みをかばおうとしたのか否か、その内面を読者・鑑賞者に推しはからせようとしている。

②—7 三島蕉窓《しょうそう》画

樋口一葉著「われから」多色摺木版口絵

（「文芸倶楽部」明治二九年五月）

描かれているのは書生の千葉と、彼が寄宿する家の奥様・お町。彼女が猫を抱いているのは未定稿段階での描写であり、決定稿には鳴き声しか記されていないうえ、この絵が取材する場面も作品の開始直後である。これは、起筆直後の早い段階で指示が出されたためだろうか。一葉は本作の翌月、六月二日の日記に「一編の作趣向つばらに出来ざらんほどは画様のこと金子のこと更にいひやらじ」と記していた。

②—8　富岡永洗 画
樋口一葉 著『通俗書簡文』多色摺木版口絵
（博文館、明治二九年五月）

本書は一葉が生前に刊行した唯一の単行本で、様々な時候や事例に対応して手紙の書き方を指南する文例集である。凡例には「一枚の筆、半片の書、尚《な》ほ能《よ》く其人の品格を表出《あらは》す」とあり、手紙が「品格」を示すものとして意識されていることがわかる。

大和絵風の美人を枠内に描き、それを意識するように筆を持つ女の姿は、明治の女性に求められた規範を示している。なお、書中の挿絵（本書不掲載）は鏑木清方の筆で、生前の一葉と清方との唯一の接点となった。

②—9　渡部省亭 画《美人不忍池を望む》
多色摺木版口絵（「文芸倶楽部」明治二八年一二月一〇日）

雑誌「文芸倶楽部」の臨時増刊で、「閨秀小説《けいしゅう》」と題された号の口絵である。不忍池をのぞみつつ読書をする女性を描いている。同号には口絵写真として、小金井喜美子、若松賤子《しずこ》、樋口一葉、田澤稲舟《いなぶね》、北田薄氷《うすらい》といった、寄稿した女性作家たちの顔写真も載せていて（次ページ参照）、「閨秀作家」のイメージを前面に打ち出す編集となっている。

②—10 「文芸倶楽部」臨時増刊「閨秀小説」口絵写真
（「文芸倶楽部」明治二八年一二月一〇日）

田澤稲舟君　伊藤簪花君

石榑わか子君　北田薄氷君

小金井喜美子君

若松賤子君
樋口一葉君

②—11　鈴木華邨《かそん》画

樋口一葉著『一葉全集』多色摺木版口絵

（博文館、明治三〇年一月）

樋口一葉は明治二九年一一月二三日に二五歳で亡くなった。その直後に全集を出した博文館は、一葉に「文書く女」、教養ある女性としての典型的なイメージを付して売り出そうとした。それが端的にわかるのが、鈴木華邨の口絵である。鳥籠と垂れさがる藤の花に縁どられた丸窓からのぞく、鮮やかな色彩の衣装をまとって硯と紙の前に座る女性は、貧しい生活を強いられた一葉の実像とはかけ離れたものであろう。

②—12 鏑木清方 画

樋口一葉 著『真筆版たけくらべ』写真版口絵（博文館、大正七年一一月）

一葉の代表作「たけくらべ」のラストシーン、淡い思いを抱いていた相手、信如《しんにょ》が置いていったと暗示される水仙の作り花を手に、切なげな表情を浮かべる美登利《みどり》を描いている。ただし、作品本文には「一輪ざしにいれて淋しく清き姿を愛《め》でける」とあるだけで、花を持ってうつむく描写はない。大正期に清方が描いたこの美登利には、二五歳で逝った一葉自身のはかないイメージも戦略的に重ねられている。

## ②—13 小島沖舟 画《秋風嘆》

内田魯庵 著「うき枕」巻頭写真版挿絵
（「新小説」明治三一年一一月）

夫の洋行中、夫婦の仲人であった旧藩主の子爵から言い寄られ、彼の子を身ごもった妻貞世は、帰朝した夫に問い詰められ、相手の名前を明かさずに失踪する。小説本文はここまでで終わっているが、沖舟による巻頭挿絵は、貞世が急な流れの川に身を投じるところを描く。本文が書かなかった悲劇的な結末が、絵によって示されている例である。

## ②—14 小島沖舟 画

内田魯庵 著『血ざくら』巻頭写真版挿絵（春陽堂、明治三四年七月）

「うき枕」が収録された単行本。初出誌にあった山中古洞の口絵《良人在車中》は省かれる一方、沖舟の「秋風嘆」【②—13】は再録された。物語の結末にかかわるため、略すわけにはゆかなかったものか。

②—15 松本洗耳 画

菊池幽芳 著「あぐり」多色摺石版口絵
（「新小説」明治三四年一〇月）

父・ぐづ松が母・お仙に毒薬を飲ませ、さらに刺殺したとされる事件を扱った、ミステリ風の小説である。ところが真相は、病苦と狂気と夫への憎悪から、彼を陥れようとしたお仙の自死であり、娘のあぐりに父が母を殺したという証言を綿密に教え込んでいたのだった。泥酔していて記憶のないぐづ松本人までもが信じ込んだ殺害の場面を、口絵としてはじめに示すことで、読者のミスリードを誘い、謎解き的な効果をあげている。

②―16 鰭崎英朋《ひれざきえいほう》 画

前田曙山《しょざん》 著「水の流」多色摺石版口絵（「新小説」明治三五年一二月）

足尾銅山鉱毒事件をモチーフにした作品で、兄が抗議運動に加わって投獄されたため困窮するお清は、彼を救うとの甘言に騙《だま》され、嫌われ者の富豪新井とは知らずに身をまかせてしまう。それを悟った病父は憤って自死、脱獄して復讐しようとした兄も果たせずに捕らえられ、彼女は絶望して出奔したのだった。英朋の口絵は、小説では明かされていないお清の悲劇の末路を描き、【②―13】同様に物語の結末を伝える絵となっている。

## ②—17　鏑木清方 画
島崎藤村 著「津軽海峡」多色摺石版口絵（「新小説」明治三七年一二月）

息子を華厳の滝への投身で失った夫婦が、傷心の旅で津軽海峡を渡ろうとしたところ、船中で息子とそっくりの青年に出会う。物語はこの夫婦と青年を中心に展開してゆくが、清方の口絵が描いているのは、本文では「華厳の滝に落ちて死にました」とわずかに触れられるだけの、巌頭に立つ息子の姿である。過去の重要な出来事を口絵で示し、その印象のもとに本文を読ませる藤村の戦略であった。

②—18 小林鐘吉 画

田山花袋 著「蒲団」多色摺石版口絵（「新小説」明治四〇年九月）

師の時雄から破門を言い渡され、汽車で郷里に帰る芳子と父親、それを見送りに来た時雄、その後方の雑沓のなかに佇《たたず》む芳子の恋人、田中を描いている。芳子に対して都合のよい「空想」を一方的に投げかける時雄は、実は芳子が自分の背後にいる田中を見ていることに気がつかない。また、芳子の内面がはっきりと記述されない、時雄視点の小説であることに見事に照応して、芳子の表情は隠されている。登場人物の関係性を象徴する口絵となっており、豊かな含意をみるとやはり作者花袋の指示のもとに描かれたものと考えられる。

②―19　浅井忠 画《緑陰双美之図》

「新小説」多色摺石版口絵（「新小説」明治二九年七月）

無名の新人の作品を積極的に掲載するなど、先進的な姿勢を有していた雑誌「新小説」は、口絵においても新しい試みをしていた。例えばこの創刊号では、掲載された小説とは無関係な浅井忠の洋画を、クロモ（多色摺）石版で摺って口絵とした。編集者だった幸田露伴は、「西洋画家の筆に成つたものを石版刷りにして用ひた其等も多少人目を惹いたに相違無かつた」（「新小説に就ての予の感」、「新小説」明治三八年一月）と回想している。

②―20　渡部金秋 画《仙寰の美人》

後藤宙外 著「闇のうつゝ」［多色摺写真版］口絵

（「新小説」明治二九年一〇月）

「闇のうつゝ」は、後に「新小説」の編集長ともなる作家、後藤宙外の出世作である。彼は創刊号の口絵【②―19】に惹かれ、「斯《かう》いふ絵を附けるなら一番書いて見やう」と思い、本作を寄稿したと伝わる。枠内にいる二人の少女は、元絵から写真銅版を作って刷ったと考えられるが、一方で富士山と茅屋を描いた風景画の部分はクロモ石版にも見える。この時代の印刷技術の限界に挑んだ、凝った作りの口絵である。

奉納

②—21 鈴木華邨 画《美人情を語る図》
遅塚麗水 著「名馬小輝」コロタイプ口絵（「新小説」明治三〇年三月）

麗水の「名馬小輝《こてる》」から、ひそかに心を通わせる男女が夜の絵馬堂で語りあう場面を選び、その情景を現実の人物と舞台セットで再現している。さらに、それを写真に撮ってコロタイプで印刷し、女の髪飾り・半襟・帯・鼻緒、男の肌などには手彩色、または別版を作って着色するという手の込みようであった。意匠は絵師の鈴木華邨によるが、画人としてこの仕事に臨む心境は複雑であったに違いない。

②―22　渡部金秋 画《落花流水図》
嵯峨の屋おむろ 著「通例人の一生」コロタイプ口絵
（「新小説」明治三〇年七月）

信州の富裕な家に生まれた義明が、東京で芸者に翻弄され、帰京しては檀家寺の住職の姪福子を思うものの、ついに別に嫁を入れて一家の主人となる物語。寺を訪れた義明の和装、和室、日本庭園を洋画家の金秋に描かせ、もてなす福子は実際の人間の写真とし、その両者の目が合っているかのように配置して合成した、きわめて異色の作品である。

②—23

松井昇 画《美人海水浴図》

巌谷漣《さざなみ》・石橋思案 著「従五位」多色摺石版口絵

（「新小説」明治三〇年二月）

合作戯曲「従五位」の作中に出てくる、画家が描いた絵それ自体を再現した口絵。同様の趣向は、中《なか》谷《や》無《む》涯《がい》「かるかや物語」に取材した小山《こやま》正太郎《神将駕雲の図》（明治二九年八月）でも用いられていた。髪を下ろした水着姿の女を丸枠のなかに描き、背景には大海原を望む砂浜に置かれた双眼鏡と麦わら帽子を配する。海水浴が徐々に一般化しつつあった時代の、ごく新しい風俗をとらえた新鮮な口絵である。

②―24 富岡永洗 画《海水浴図》
「新小説」［石版］口絵（「新小説」明治三〇年九月）

海水浴という新しい風俗を雑誌の口絵としてとらえようとした時には、松井昇が描いた【②―23】のような成功例ばかりではなく、このようになんともちぐはぐな例もある。画面中央の女は、水着にもかかわらず髪を結い、化粧をしっかりと施した浮世絵

風美人の顔である。中景の波、遠景の松林や富士の描きかたも浮世絵のそれであり、現在からすると違和感が拭えないが、目新しい題材をあえて浮世絵系の永洗に描かせたところにも、「新小説」の挑戦的な精神があらわれている。

## ②—25 絵師不明《女夫合骨牌《めおとあわせかるた》》

「新小説」多色摺石版（「新小説」明治三一年一月）

雑誌の新年号の附録で、版元の春陽堂が出した小説の主人公男女一五組を組合わせて遊ぶカルタである。既刊の口絵・挿絵の図像を転用したものと、新しく描いたものとが混在している。現在ではごく一般的となった、出版社によるキャラクター商品の先駆であると同時に、小説が絵画のイメージとともに受容されていたことを示している。

②―26　小林永興《えいこう》画
幸田露伴 著『新葉末集』多色摺木版口絵（春陽堂、明治二四年一〇月）

《女夫合骨牌》【②—25】の原画の一つ。本書『新葉末集』は、前後篇の関係にある「辻浄瑠璃」「寝耳鉄砲」の二作を収める。口絵は前半の「辻浄瑠璃」より、物乞いをしながら東海道を江戸に下る西村虎吉（後にあらためて道也）が、沼津にて小綺麗な家の窓の下で義太夫を語った場面を描く。家の内に見えるのは彼が昔親しんだ女で、「寝耳鉄砲」で登場するヒロインお万にはカルタに適当な絵がなかったため、新しく描きなおされたものだろう。

②―27 富岡永洗 画

尾崎紅葉 著『心の闇』多色摺木版口絵（春陽堂、明治二七年五月）

《女夫合骨牌》【②―25】の原画の一つ。物語の最終部、婚礼の夜に手水に起き、人声に気づいて戸外をのぞいたお久米と、彼女への思いを秘め、雪の深夜にもかかわらずその家の周りを徘《はい》徊《かい》していた按摩《あんま》の佐の市を描く。忍び返しが物々しい木塀で画面を斜めに分断し、さらに珍しい右向きの構図と黒枠によって、お久米の不安や両者の心の懸隔、あるいは佐の市の「心の闇」を描き出している。降る雪は摺りではなく、最後に胡粉をふりかけて表現した。

朝日コレクション

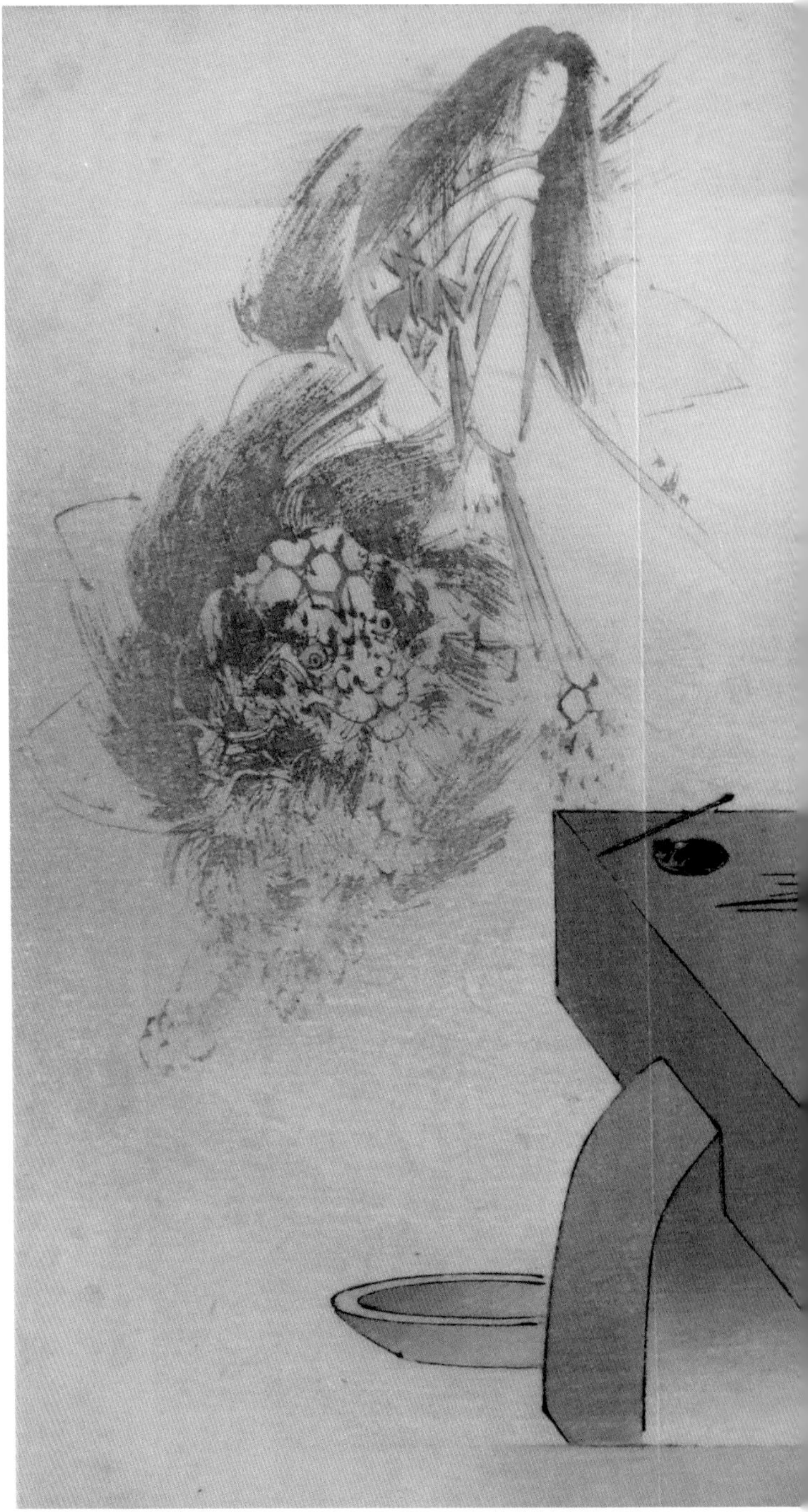

②—28 渡辺省亭 画《良工苦心図》
幸田露伴 著『長語』多色摺木版口絵（春陽堂、明治三四年一一月）
《女夫合骨牌》【②—25】の原画の一つ。この口絵は「新小説」明治三一年一月号に、《女夫合骨牌》と同時に掲載されたが、取材元となった露伴の小説「帳中書」が発表されたのは同年八月～一二月であった。これは、早くに構想を立てながらなかなか書けずにいた露伴が、この新年号に掲載する予定で絵を指示しておいたものの、またしても脱稿せずに絵だけが出てしまったのだろう。単行本『長語』に再度挿入されたのは、絵と小説をセットで世に出したいという意図ゆえだろうか。

②—29　富岡永洗 画《情緒纏綿《てんめん》図》
広津柳浪 著「女仕入」挿絵（「新小説」明治三一年一月）

《女夫合骨牌》【②—25】の原画の一つ。夫に離縁されたお山が、母からの責めに堪えかねて出奔したものの、女衒《ぜげん》の山隅に騙されて芸者屋に売られる悲劇。永洗の《情緒纏綿図》は雑誌の中ほどに挿入された墨摺だが、二人が乗って旅する汽車を背景とし、お山を説得しようとする山隅を丸枠内に描いており、口絵的な性格が強い。本文末尾には「明治三十年十二月稿」とあり、脱稿後にこの絵の制作に取りかかっては、「女夫合骨牌」はおろか、本誌の刊行にさえ間に合わないと考えられるため、起筆と前後するかなり早い段階で制作に着手されたことが確実である。

## ②—30 中村不折《ふせつ》・富岡永洗・鈴木華邨
## 下村為山《いざん》・水野年方・楊洲周延《ようしゅうちかのぶ》 画

泉鏡花 著「辰巳巷談」巻頭写真版連作挿絵（『新小説』明治三二年二月）

幸田露伴が『新小説』の編集から退いたあとの本号では、六名の画家が鏡花「辰巳巷談」に取材した絵を描き、口絵のすぐ後にまとめて掲載された。挿入箇所は巻頭ながら、折り込みで作られる口絵とは明らかに扱いが異なるため、かりに巻頭挿絵と呼称する。こうした巻頭挿絵は、後藤宙外が編集に加わる明治三三年一月まで毎号掲載されているが、たいていは複数の小説に取材しており、一つの作品に六人の画家が絵を寄せた例は珍しい。

水天髣髴　中村不折筆

汐見橋　鈴木華邨筆

落月依稀　富岡永洗筆

その家　下村爲山筆

低唱謾歩　水野年方筆

落花狼藉（其一）　揚州周延筆

落花狼藉（其二）　揚州周延筆

## ②―31 黒田清輝 画《舞姫の図》

「新小説」多色摺石版口絵（「新小説」明治三〇年一月）

【②―19】の浅井忠の作と同じく、特に掲載小説に取材した口絵ではない。肉筆による原画は現在、東京国立博物館の所蔵となり、重要文化財の指定も受けている有名作。それをクロモ石版にして印刷している。原作とはすこし趣が異なるが、当時白馬会を発足させたばかりの黒田清輝の起用は、「新小説」という雑誌が進取の気風に富んでいたことをうかがわせる。

# 第Ⅲ章　謎の絵

明治の口絵や挿絵を眺めていると、その意図がよくわからない、不思議な絵に出会うことが少なくありません。明らかに物語の内容と食違っていたり、あるいは先に発表された物語の前半に、おそらくまだ執筆されていなかった後半部分に取材した絵が入っていたりして、大いに戸惑います。また、刊記はおなじ初版本であっても、よく似ているけれど明らかに異なる絵が入っている場合、どれを真の初版とすべきなのでしょうか。こうした〈謎の絵〉には、明治の文学と出版をめぐる秘密が顔をのぞかせています。

絵と本文との内容の齟齬《そご》は、それが意図的なものでないかぎり、多くは制作工程に起因するミスです。活字を組むだけの本文に対し、絵は描画、印刻、摺刷の工程を経ますし、多色摺となればさらに複雑化しますから、制作に時間が必要でした。そのため、作者からの指示は、起筆前などの早い段階で行われるのが通例でしたが、その後の執筆中に構想が変化すると、原構想に取材した絵と食違ってしまうのです。また、複数の絵柄が併行して存在する問題は、おもに制作速度の向上のため、いくつか工房に同時に制作させたとして説明がつきます。

それでも、なお明治の口絵・挿絵をめぐる謎はたくさん残っています。この謎を解くのは、もしかしたらあなたかもしれません。

## ③—1 ［松本楓湖］画

幸田露伴 著『風流仏』多色摺木版表紙絵

（吉岡書籍店、明治二二年九月）

絵師不明で、かりに挿絵を描いた松本楓湖に比定した。ただし図案については、露伴の友人で詩人の中西梅花が、「著者が嘗《かつ》て評者に示せし自筆の図按《ずあん》」の存在を伝えており（「新著百種第五号風流仏批評」、「読売新聞」明治二二年一〇月一七日）、露伴の指示だったと見てよい。梅花は「土偶も塔も共に二千余年を経過せし法隆寺の遺物とは受取れず」と批判しているが、小説には法隆寺もこれらの「遺物」も登場せず、作者露伴がこの絵に込めた意図はいまだ明らかでない。

## ③—2 原田直次郎 画

森鷗外 著「文づかひ」木版挿絵（吉岡書籍店、明治二四年一月）

挿絵になっている主人公・小林の顔は、明らかに鷗外自身の顔を思わせる。山本芳明が「近代文学と挿絵——逍遥を中心に——」（『日本近代文学』昭和五七年一〇月）で述べたように、「鷗外と直次郎との関係を考えれば…鷗外の趣向が挿絵の意匠に相当反映されている可能性がある」。では、なぜこの顔は鷗外に似せて描かれ、それを勘案すると「文づかひ」の評価はどう変化するだろうか。なお、原田は「於母影《おもかげ》」扉絵【④—3】においても、歌う天使の顔を鷗外に似せて描いている。

③—3 森鷗外肖像

## ③—4 原田直次郎 画

森鷗外・幸田露伴 著『文つかひ・聖天様』多色摺木版表紙絵

（吉岡書籍店、明治二四年一月）

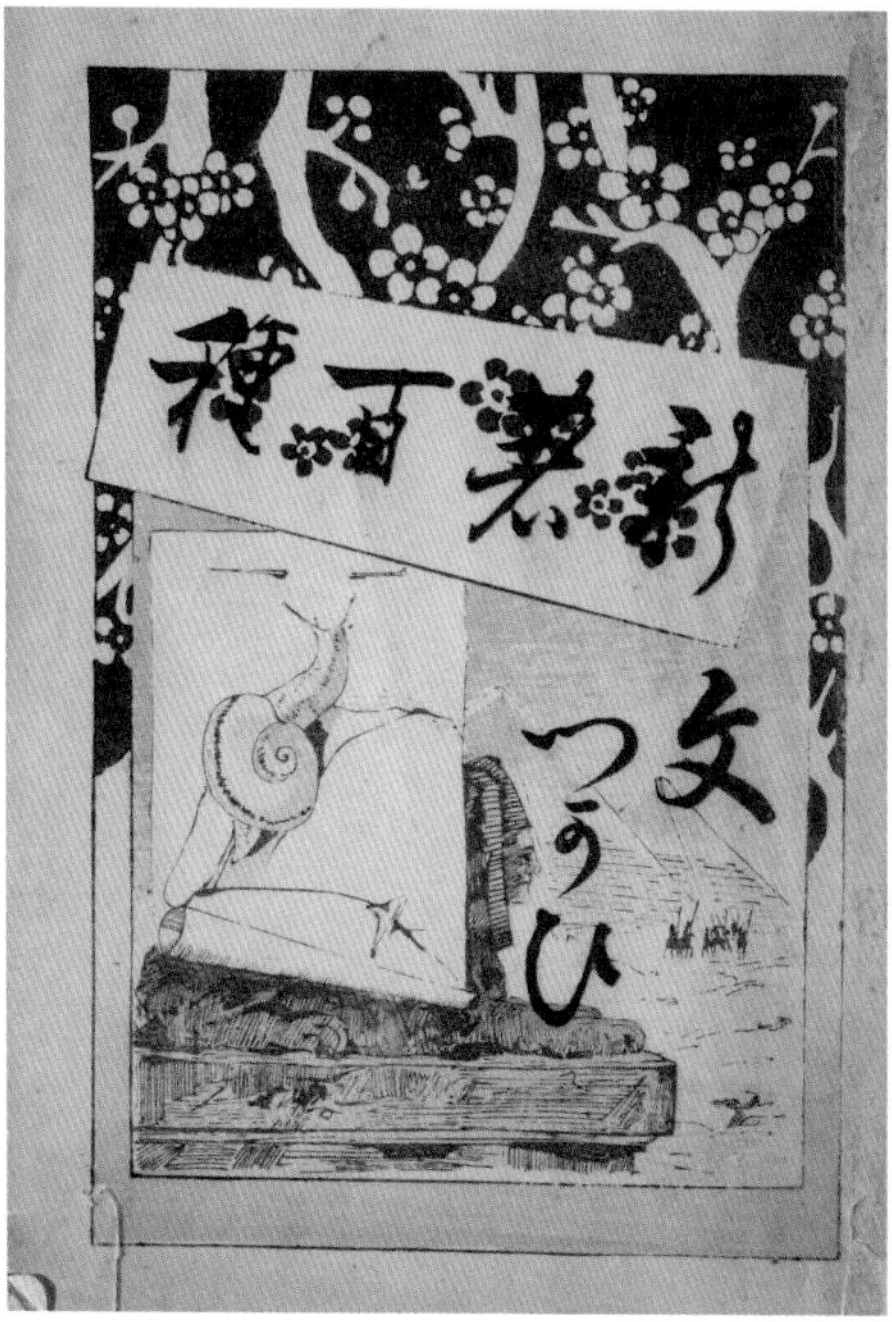


原田直次郎は鷗外の友人の洋画家で、「うたかたの記」のモデル。表紙絵は「文づかひ」の作中、城の庭に「高き石の塔ありて埃《エジ》及《プト》の尖塔《ピラミイド》にならひて造りしと覚ゆ」「人首獅身《じんしゅししん》の「スフィンクス」」とあるのに取材するが、鷗外の弟の三木竹二は、この沙漠が「主人公イ、ダ姫が性質の一問題たるをも匂はせたるものか」と暗示的な示唆を行っている（「文づかひと聖天様」、「読売新聞」明治二四年二月五日）。なお、蝸牛《かたつむり》は露伴の庵号、蝸牛庵《かぎゅうあん》をあらわしている。

## ③—5 自筆稿本表紙絵

森鷗外『文つかひ』

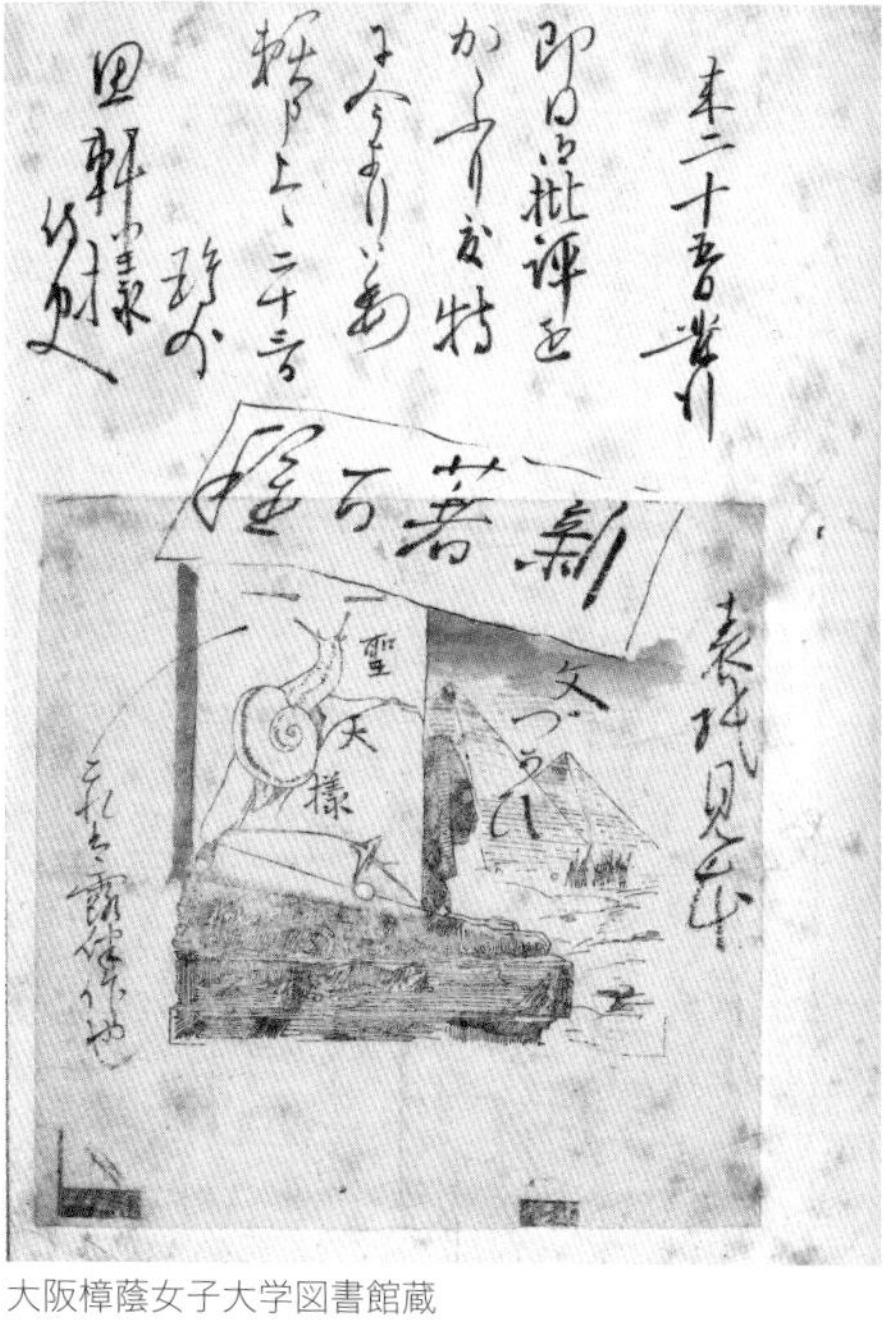


大阪樟蔭女子大学図書館蔵

批評を求め、「文づかひ」の鷗外自筆稿本とともに、翻訳家の森田思軒に送られた「表紙見本」。後年、思軒の女婿である白石実三が、作家の宮崎三昧のもとに「露伴が表紙絵を画いた鷗外の『文づかひ』の原稿」を持参したとしており（「根岸派の人々」、『日本文学講座』第一一巻、改造社、昭和九年一月）、これが本当に露伴の意匠で、かつ三木竹二の示唆が実際を伝えているとすれば、誰が、どのような「一問題」を匂わせようとしたのか、詳しく検討する必要があろう。［画像は『文づかひ 森鷗外自筆原稿』（大阪樟蔭女子大学図書館、平成元年三月）より］

③―6　水野年方 画

泉鏡花 著「外科室」多色摺木版口絵（「文芸倶楽部」明治二八年六月）

九年前にすれ違っただけの男女が、たがいにプラトニックな思いを秘め、手術室にて医師と患者として再会する。うわごとで秘密を語ることを危惧し、麻酔なしで手術を受けようとする伯爵夫人の物語は、鏡花初期の傑作として有名だが、彼女が独り病臥し、メランコリックなポーズで男との結婚を夢見る、口絵のような場面は存在しない。これは一葉「十三夜」挿絵【②―5】のように、物語からすると過去の時間を描き、夫人が男を思っていた時間の長さを表現したものだろうか。もしくは、後出する《雨中佳人》【③―8】のように、小説の原構想を残してしまった例だろうか？

③—7 三島蕉窓 画《美人蜃気楼之図》
蜃《しん》気《き》楼《ろう》
多色摺木版口絵（「文芸倶楽部」明治二九年九月）

一般的な口絵では取材した作品が明記されているところ、この絵はまさに「謎」として読者の目にふれた。同号雑報欄に「読過一番、あてゝ見給へ」とあるように、対応する作品が明かされず謎かけになっているのである。ところが、掲載小説にはどれも、この図柄に符合する内容が見あたらないようである。前号では山田美妙「いのり首」（三島蕉窓画）の掲載が予告されており、これが急に変更された（実際の掲載は同年一一月）ことにかかるトラブルであろうか。

③—8　富岡永洗 画《雨中佳人》
広津柳浪 著「河内屋」多色摺写真銅版口絵
（「新小説」明治二九年九月）

永洗の口絵に描かれた、驟雨《しゅうう》のなか傘をさして歩む女性について、合羽の下に着物の襟が見えていないとして、読者から少なからぬ批判が寄せられた。実は、これは作者柳浪からの指示により、素肌に合羽を着て外出する女という作品の原構想を描いたのであったが、執筆の難航によって当該場面が描かれず、結果的に絵が宙に浮いてしまったのだった。執筆以前の作家の構想を口絵から知ることができる、貴重な例となっている。

③―9　小堀鞆音《ともと》 画《西行逢妻》
幸田露伴 著「二日物語　此一日」多色摺木版口絵
（「文芸倶楽部」明治三二年二月）

露伴の「二日物語　此一日」は上田秋成「雨月物語」のリメイクで、西行が讃岐白峯の山中で崇徳院の亡霊に出会う物語である。従って、西行らしき老法師が寺の廻廊において、泣き伏せる尼にすがられている口絵の場面は存在しない。一方、約三年後に発表された後篇「彼一日」は、西行が長谷寺で妻だった尼と邂逅《かいこう》する、まさにこの場面を扱っている。前後篇一括掲載の見込みで絵を指示したものの、後篇まで書ききれなかったための齟齬《そご》と考えられる。

③—10　水野年方画《西行逢妻》
幸田露伴著「二日物語　彼一日」多色摺木版口絵
（「文芸倶楽部」明治三四年一月）

では、後篇「彼一日」につけられた口絵がどうだったかといえば、西行が末枯れの秋の野で、俗世に残してきた娘から取りすがられるところを描いている。ところが、この場面もやはり本文にはなく、西行が妻の尼に対して語った言葉のなかに、娘は自分が説得して出家させたとあるだけである。【③—8】のような作品の原構想と考えても、《西行逢妻》となっているタイトルの謎が残り、ミステリアスな作品である。

③—11 富岡永洗 画

幸田露伴 著「椀久物語」多色摺木版口絵
（「文芸倶楽部」明治三二年一月）

肥前の青山幸右衛門から色絵陶器の秘法を聞き出す計略で、彼の娘の松山太夫に近づいた久兵衛は、そうとは知らずに放蕩をとがめる母から勘当される。ここまでがこの号に発表された前半部のストーリーだが、やはり全篇の一括掲載を予定していた露伴が、秘密漏洩の罪で幸右衛門が処刑された報を聞き、久兵衛が発狂する後半部に取材した絵を指示してしまったらしい。傍らの女は久兵衛の妻となった松山、俗名お葉である。

③—12　渡辺審也　画

島崎藤村　著「水彩画家」多色摺石版口絵

（「新小説」明治三七年一月）

洋行から帰った画家の伝吉が、絵が描けずに苦悩するうち、旅先で知りあった音楽家清乃の来訪を受けて心を動かされる物語。

モデルは洋画家の丸山晩霞《ばんか》。小説では、伝吉はほとんど創作にかかれておらず、幼い娘の千代も父の仕事を邪魔してばかりだが、口絵では多数の絵のなかに力強く立つ伝吉と、穏やかに絵を眺める千代が描かれている。これは、最後に清乃と訣別《けつべつ》して家庭を選んだ伝吉の未来、「別の新しい生涯」の姿なのだろうか？

③—13 鰭崎英朋 画

柳川春葉 著「二おもて」 多色摺石版口絵

（「新小説」明治三九年六月）

池の浮草に手をのばす少年と、その肩を押さえる若い女が描かれている。小説の最終部分に取材した口絵だが、当該部分は前段からの連続性を一切欠き、アスタリスクで区切られて唐突にはじまっているうえ、わずか一三行で終わって「未完」と記される。加えて、彼女はこの場面にしか登場しておらず、小説の構成としては著しく不自然であり、すでに指示してあった口絵とのつじつまを合わせるためだけに書かれたと推定される。なお、本作が書き継がれることはなかった。

③—14 小林萬吾 画
夏目漱石 著「草まくら」多色摺石版口絵
（「新小説」明治三九年九月）

小説第二節、主人公が道中に立ち寄った茶屋で聞いた、那美さんの嫁入りの様子を描く。「新小説」は、作家が口絵の指示を出す慣習を長く固持しており、本誌の立場の強さを考えれば、まだ駆け出しの兼業作家だった漱石も指示を求められた可能性は高い。一方、この時期には本文との齟齬を避けるため、冒頭近くに取材する口絵が増えており【③—18】、本作もその一例であったか、または小説全体に底流する重要な場面をあえて描いたのか、読解にも関わる問題である。

③―15
岡田三郎助 画
泉鏡花 著「春昼」
多色摺石版口絵
（「新小説」明治三九年一一月）

鏡花の代表作である本作は、「春昼」「春昼後刻」の前後篇に分割され、二ヶ月にわたる連載となった。この口絵は前半の「春昼」とともに発表されたが、茅屋《ぼうおく》を背にして菜の花の道を歩く二人の角兵衛獅子の少年は、翌月掲載の「春昼後刻」の登場人物である。鏑木清方には原稿を渡して自由に描かせていた鏡花も、慣れない洋画家の岡田三郎助には指示を出さざるをえず、しかしその部分まで書きおおせずに分載となって、こうした齟齬が発生したと考えられる。

③—16 石川寅治 画
永井荷風 著「歓楽」 多色摺石版口絵
(「新小説」明治四二年七月)

生涯に経験した、三度の印象的な恋を回想する物語。口絵に描かれるのは物語終盤、三度目の恋に思い悩んだ主人公が浅草を歩いた場面と解される。ところが、印象的に描かれるこの女たちは実は恋の相手ではなく、ただ見かけただけの通行人にすぎない。若い女たちを「物淋しい心持」で眺めたという主人公の視線を再現し、その心情を視覚的なイメージによってでも伝えようとしたものか。あえて主要人物を避ける手法は、【③—17】の「すみだ川」にも共通している。

③—17 右田年英 画

永井荷風 著「すみだ川」多色摺石版口絵

（「新小説」明治四二年一二月）

昭和一〇年の小山書店版『小説 すみだ川』「はしがき」に、「明治四十二年の秋八月のはじめに稿を起し十月の末に書き終る」、その後「新小説」に送ったとある。従って、年英は完成稿を読んで描くこともできたはずだが、この口絵の女は、主人公が浅草観音で偶然見かけただけの参拝の芸者である。新聞小説挿絵で長く活躍した年英が、あえて主要人物を避けたと見るのは不自然で、この芸者を視覚的に示す必要を認めた、荷風の意図が隠見している。

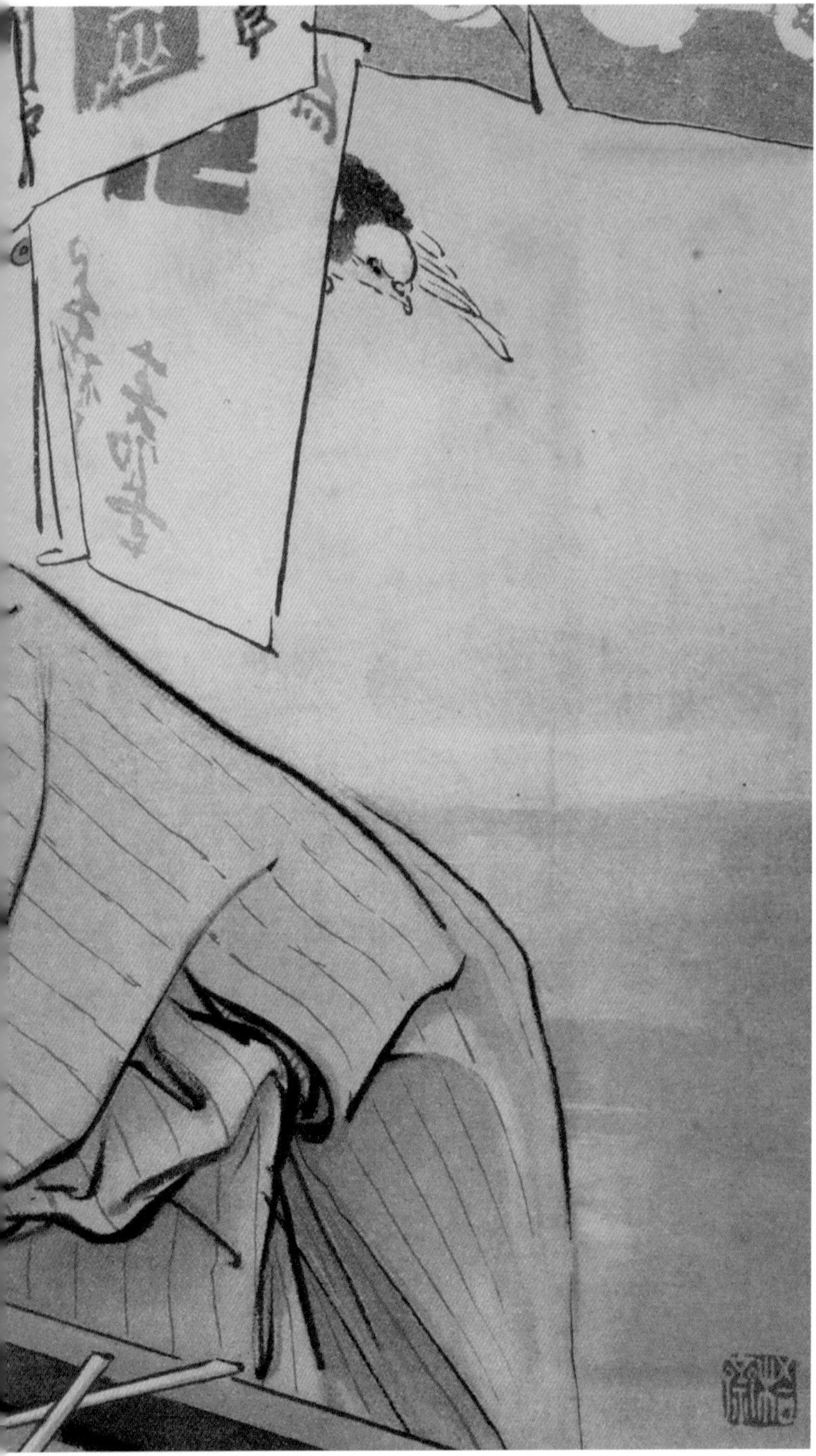

③—18 小林鐘吉 画
正宗白鳥 著「畜生」［石版］口絵
（「新小説」明治四四年四月）

本郷の洋食店から出た主人公が旧知の女と偶然に再会するという、小説冒頭の場面に取材した口絵。ところが、「後日を約して行過ぎた」とされるこの女は、以後本文に登場してこず、この邂逅のエピソードも物語の本筋とはほとんど関係がない。かならず書ける、もしくは書き上がっている冒頭に取材すれば、絵と本文の不一致は避けられるわけで、そのため特に重要でない場面であっても、ここを描くよう指示したものだろうか。

## ③―19 絵師不明《独立閣ヨリ遠眺ノ図》

東海散士 著『佳人之奇遇』初編 石版挿絵

（すべて博文堂、明治一九年三月の再版）

有名な挿絵だが、おなじ版であっても、細部が異なる絵が複数存在することがわかっている（初版の挿絵図像は『新日本古典文学大系 明治編』17「政治小説集 二」岩波書店、平成一八年一〇月の補注参照）。いくつもの版が同時に制作されたと考えられるが、まだ木版よりコストが高かったと思われる石版で、刊行期日が厳しい定期刊行物でもないのに、なぜ複数の版が必要とされたのだろうか。また、おなじ資料（原画・写真等）を用いたのなら、なぜこれほどに細部が異なるのか、謎に包まれた挿絵である。

③—20

## 梶田半古画《唐櫃山》

### 江見水蔭 著「唐櫃山」多色摺木版口絵（「文芸倶楽部」明治三三年七月）

物語の最終盤で主人公が目撃した、ヒロインの姿を描く。

まず墨による主版に注目すると、【a】は衣紋やハンモック、木々などの描線が自然であるのに対し、【b】【c】は全体に太めで抑揚を欠き、線の生命感が失われている。また、人物が手に持つ団扇の一番下の骨、ハンモックから手前に垂れさがった衣服直下の草などの描線が異なっている。

色版については、一見してわかるように、【a】に描かれるハンモックの影が【b】【c】には存在せず、緑版が落とされているため、女の髪や木の幹の表現が全体に平板になってしまっている。ハンモックの赤の版も用いられず、【a】では明瞭だった染め模様が【b】【c】ではわかりにくい。ただし、団扇の縁を彩る朱の模様は、【b】【c】にしか見られない。

ここからは、次の《ゆあみ》【③—21】でもわかるとおり、複数の版木セット（番）が用意されていたことが明瞭に見て取れる。逆にいえば、雑誌のおなじ号に挿入される口絵であっても、番の違いによって、色版の数さえ一定ではなかったのである。こうした複数の番を制作する具体的な方法は明らかでないが、【b】【c】の主版の描線から推すに、まず絵師による版下絵から彫り出した最初の主版（かりに元主版と呼ぶ）を用いて何枚かの校合摺を作り、これを絵師に戻して色差しに進むと同時に、そのうち幾枚かを用いてかぶせ彫りの要領で複数の主版（かりに副主版と呼ぶ）を制作したのではないかと考えられる。

なお、【a】には折り目がなく、製本に用いられなかったことは明らかだが、こうした口絵が残存する具体的な理由は不明である。製本過程でのエラーに備え、口絵にも若干の予備が制作されていたことは想像に難くなく、これが市場に流出したと見るのが最も自然だろう。ただ、残存する折り目のない口絵を見るに、元主版を用いた比較的早い段階の摺りで、色版なども落とさない美麗なものが多く、あるいは出版社や絵師など制作側が保存していた、見本刷のようなものであったのかもしれない。館蔵の【d】は、やや色彩が薄いながら【a】と同様の特徴を備え、書籍として流通したなかでは比較的出来のよいものと思われる。

d

a：朝日コレクション

b：朝日コレクション

c：朝日コレクション

③—21 梶田半古画《ゆあみ》

「文芸倶楽部」多色摺木版口絵（「文芸倶楽部」明治四一年六月）

「文芸倶楽部」は、文学作品に取材した口絵の制作を明治三四年で終了しており、本作も単独で鑑賞する美人画である。注目すべきは【c】の上部、ほかには描かれる千鳥が一羽欠けていることである。彫り忘れと考えられ、大部数の雑誌を月刊で刊行するに際して、複数の版木セット（番）を用意して同時併行で制作されていたことを明白に示す資料である。この【c】は、浴衣右肩の模様がずれているほか、【e】とともに主版の描線が重いなど、全体に質がよくない。これに対し、掲載作のなかでは彫り・摺りの状態が比較的良好な【d】と【a】は、落款「半」の字の縦棒が短く、このあたりから諸版の秘密に迫ることができそうである。

a

b

c

d：朝日コレクション

e：朝日コレクション

## ③—22 満谷国四郎 画

国木田独歩 著『運命』写真版口絵

（左久良書房、明治三九年三月初版・明治四〇年五月三版）

帽子姿の男が、右手で頭をかき、左手を羽織の紐の結び目あたりに添え、眉根を心持ち寄せる、どこかユーモラスなポーズで、戸外に立っているところを描いている。本書の巻頭小説「運命論者」に登場する、鎌倉の海浜で出会った高橋信造であろうか。洋画家の満谷国四郎らしく、ラフなタッチでありながら、それでいて非常に精緻なスケッチとなっている。右の初版（秀英舎）では十分な濃さで刷られているが、左の三版（三協印刷）では「M」のサインが判読できないほど薄くなり、おなじ絵とは思えないほどである。

## ③—23 満谷国四郎 画

国木田独歩 著『運命』写真版口絵

（左久良書房、明治四一年九月六版）

本書『運命』の口絵は、初版の二年半後に出版された六版以降、このように差し替えられたことが知られている。画家はおなじ満谷国四郎だが、こちらはしっかり仕上げられている。また、背景の風景が変わっているのに加え、男性が無帽で、ひげを蓄えたより精悍な顔で描かれている。こちらの方が時間をかけ、丁寧に描かれていることは明らかだが、なぜ六版の段階で口絵を新しくせねばならなかったのか、詳細な事情は不明である。

# 第Ⅳ章　明治文学の華やぎ

明治文学は、新旧の文化の混淆期であった時代を反映し、様々な絵によって彩られました。

明治の口絵といえば、まず鏑木清方と鰭崎英朋が双璧です。しかし、清方のデビューと前後する明治三十年代前半、第一線で活躍して高い人気を誇っていたのは、清方の師である水野年方や親しく学んだ梶田半古、尾崎紅葉とのコンビで知られる武内桂舟、美人画の名手である富岡永洗、そして本絵での活躍華々しい渡辺省亭といった絵師たちでした。これまで何度も登場してきた彼らは、時として豪華な合作にも招かれ、たがいに腕を競いあっていました。そこに洋画家が加わり、さらには村上浪六のように自分で口絵を描いてしまう作家まであらわれ、「口絵華やかなりし頃」（鏑木清方）が現出したのです。

しかし、明治末にもなると浮世絵の系譜に連なる絵師たちは次々に姿を消し、大正モダンの息吹を感じさせる新しい描き手が登場してきました。ちょうど、文壇における硯友社から自然主義への移り変りと呼応したかのようです。本章では、物語の内容や作家・編集者からの指示といった観点を離れて、際だった個性を持つ絵や、下絵・差上げといった絵師の創作現場、そして次代へのつながりを感じさせる絵をご紹介し、明治文学の華やぎを感じていただきたいと思います。

④―1 小林清親《きよちか》画《月下車を停むる図》
山田美妙 著「花車」写真版挿絵
（「都の花」明治二一年一〇月）

「都の花」は、本邦初の商業文芸誌と位置づけられ、掲載作はその創刊号である。清新な言文一致体で人気を呼んでいた山田美妙の「花車」を巻頭に掲載し、全号を通じて最初の挿絵となったのが本作である。人力車夫をしながら苦学する若者の物語だが、あえて人物を略し、いかにも清親らしい陰翳《いんえい》を用いた静謐《せいひつ》な風景画に仕上げている。印刷は中川昇の工夫で実用化された、細かな網目の写真銅版で、その点でも本誌にかける版元金港堂の意気込みが伝わってくる。

## ④—2 松岡緑芽《りょくが》画

尾崎紅葉 著「紅子戯語《こうしげご》」挿絵

（「我楽多文庫」第一〇号復刻版、白帝社、昭和四二年八月）

松岡緑芽は絵師・緑堂の息子で、劇画堂の堂号を持つ。「我楽多文庫」は、予備門在学中の尾崎紅葉や山田美妙らが明治一八年に創刊した同人誌であり、本作の時点でも紅葉・緑芽ともにまだ学生であった。同人たちの雰囲気を伝える雑談集という内容に呼応し、緑芽は編集室の様子を戯画的に描いている。人物は上から、川上眉山・丸岡九華・月の家まどか・巌谷漣・山田美妙・尾崎紅葉・石橋思案・香夢楼《かむろ》緑。緑芽は「都の花」などにも挿絵を寄せたものの、明治二四年ころに筆を断って法曹界へ進んだ。

## ④—3 原田直次郎 画
## 森鷗外 著「於母影」木口木版扉絵

（「国民之友」明治二二年八月二日）

日本の伝統木版が、木材を縦方向に切り出して用いる板目木版だったのに対し、一八世紀末に英国で実用化されたのが、木材を輪切りにした横断面を用いる木口《こぐち》木版である。また、日本でおもに用いられた桜に対し、柘植《つげ》などのより堅い木を用い、ビュランと呼ばれる専用の道具で刻むことで、銅版と見まがうような細密な彫刻が可能になった。本作は原田直次郎の原画を、仏国で技法を学んで帰朝した合田清が木口木版で版にしており、楽譜を手に歌う天使は森鷗外の似顔と伝えられる。

## ④―4　後藤芳景 画

幸田露伴 著『葉末集』多色摺木版口絵
（春陽堂、明治二三年六月）

奥日光、雪の魂精峠《こんせいとうげ》を越えようとした「露伴」が山中で行き暮れ、見かけた一軒家に宿を願うと、あらわれたのは絶世の美女だった。彼は夜を徹して、この庵を結ぶまでの女の物語を聞くが、朝日が昇るとすべてが消え去り、残ったのはただ一《いっ》顆《か》の白髑髏であった。癩病《らいびょう》（ハンセン病）の問題に触れ、露伴が生涯にわたって扱いに悩んだ問題作である。芳景は一養斎中井芳滝門で、おもに上方にて活動した絵師。

④—5 大蘇芳年 画

尾崎紅葉 著『此ぬし』多色摺木版口絵

（春陽堂、明治二三年九月）

春陽堂が明治二三年にスタートさせた、「新作十二番」の第二冊。行きすぎた欧化主義への反動から、日本の伝統文化を見なおそうとする国粋主義の時代に入り、そうした思潮の変化をいち早く摑んだ春陽堂が企画した、本文まで含め全丁木版製版の単行本シリーズである。第一作の饗庭篁村『勝鬨』（明治二三年四月）に続き、執筆を打診された紅葉は、「木版の美本にすると云ふので、聊か心が動いたので、ツイ承諾した」と回想している（「作家苦心談」其七、「新著月刊」明治三〇年七月）。

④—6 絵師不明

前田香雪 著『梅その』（新作十二番）多色摺木版見返し

（春陽堂、明治二四年九月）

前田香雪は、近代新聞小説の創始者の一人であり、明治二〇年代ころまで作家として活躍した。美術鑑定家としても名高く、後に東京美術学校に迎えられた。本書は【④—5】に続く「新作十二番」の第七冊であり、全丁木版製版。梅と青海波を意匠化した焦茶色の表紙は、茜色の書き題簽が目を引く程度で比較的地味だが、見返しを開くと一転、金銀をふんだんに散らしたなかに、梅の木風にあしらった「梅その」の文字が浮かぶ、豪奢な作りとなっている。手に取って開くという、書物の形状が前提とされた意匠の妙といえる。

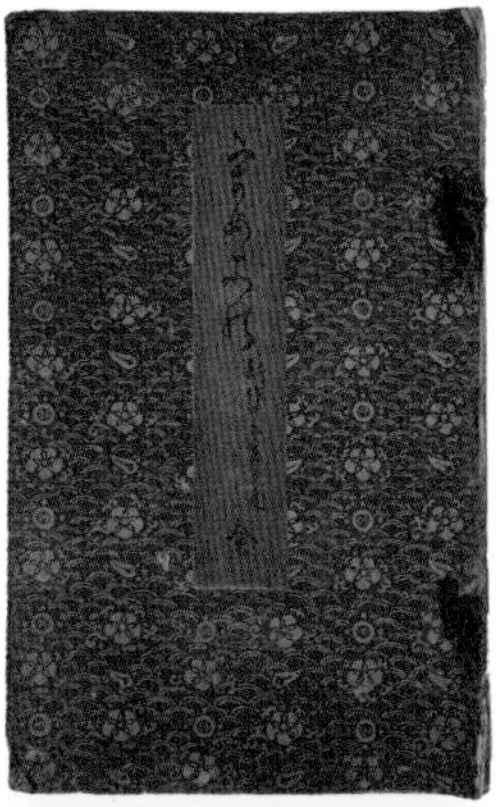

④—7 斎藤緑雨 自序

『かくれんぼ』（文学世界）（春陽堂、明治二四年七月）

こちらは「新作十二番」に続いておなじ春陽堂が企画した、やはり全丁木版製版による「文学世界」シリーズの一冊。八冊まででで途切れた「新作十二番」に対し、「文学世界」は全一二冊が刊行された。緑雨はじめての単行本である本書はその第六号で、自序は筆耕を介さず、推敲の跡が残る自筆原稿をそのまま木版にするという意匠であった。

# 叙

天下皇宝の白紙《はくし》へあたら墨を塗《ぬす》りて見て下されとハ生《や》ある者の云はれく[redacted]苦の義理でハないふり其れをのめくと譃てのけるを今日の小説家と申すとかや香具師の謂ふ因果とハ六の事三五夫の鳥が啼いてハ大方これを笑ふくのでがちふあるべー

されど熟《よ》く思へバ小説家と申すハ極めて罪の深い者ちふり嫋する所唯一言妙でよと云はれくいゝ在り云はれずバみづからふ云つてあんずる程の仕合せ[redacted]えを見附けんて三文見の奴が首を添しるよ〳〵も見り一つまりがたごの毋《ぶつぼ》の蚯《みゝ》蚓の子ほめ〳〵とてむほんが出るでもあくけちふ〳〵とていつ一つ探るでもちふ一待無

## ④—8 村上浪六『三日月』 多色摺木版口絵（春陽堂、明治二四年七月）

侠客の壮快な活躍を描く撥鬢《ばちびん》小説で、きわめて高い人気を博した村上浪六のデビュー作。向こうっ気の強い浪六は、当代で最も高い作家のさらに三倍にもなる稿料を要求したあげく、表紙絵・口絵・装幀も自分で行うと主張したと伝わる（山崎安雄『春陽堂物語』春陽堂、昭和四四年五月）。この時代、絵には素人である作家の自画が、そのまま多色摺木版で摺られることはきわめて珍しい。

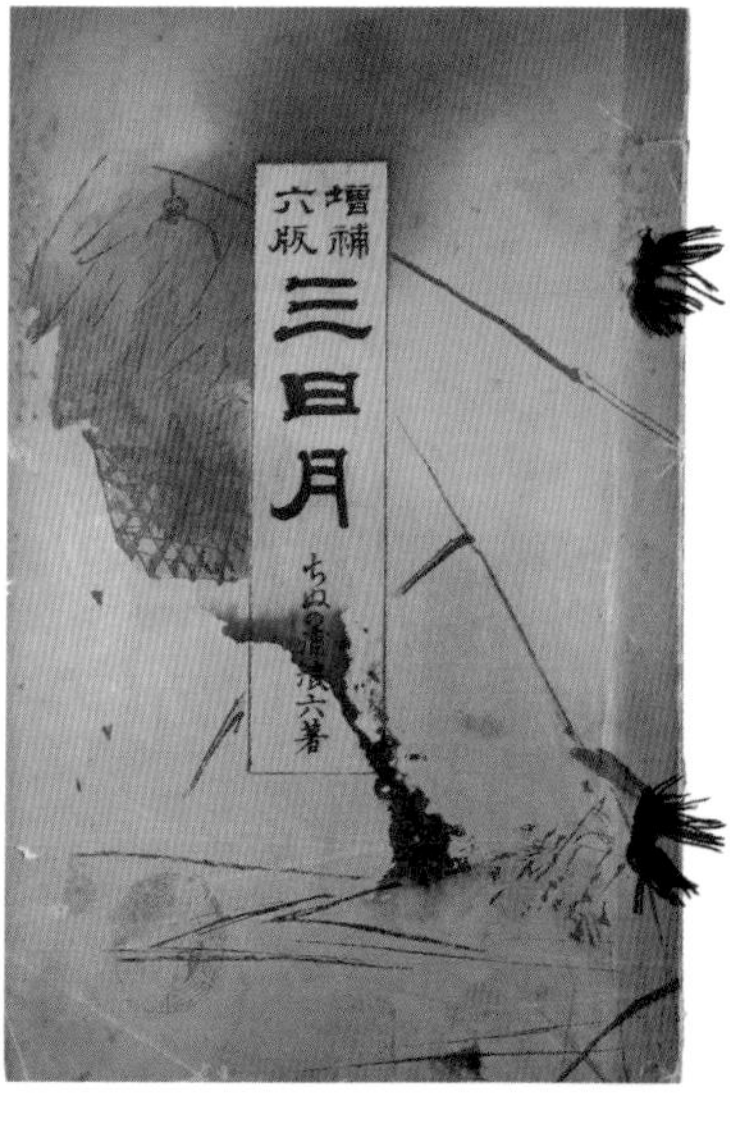

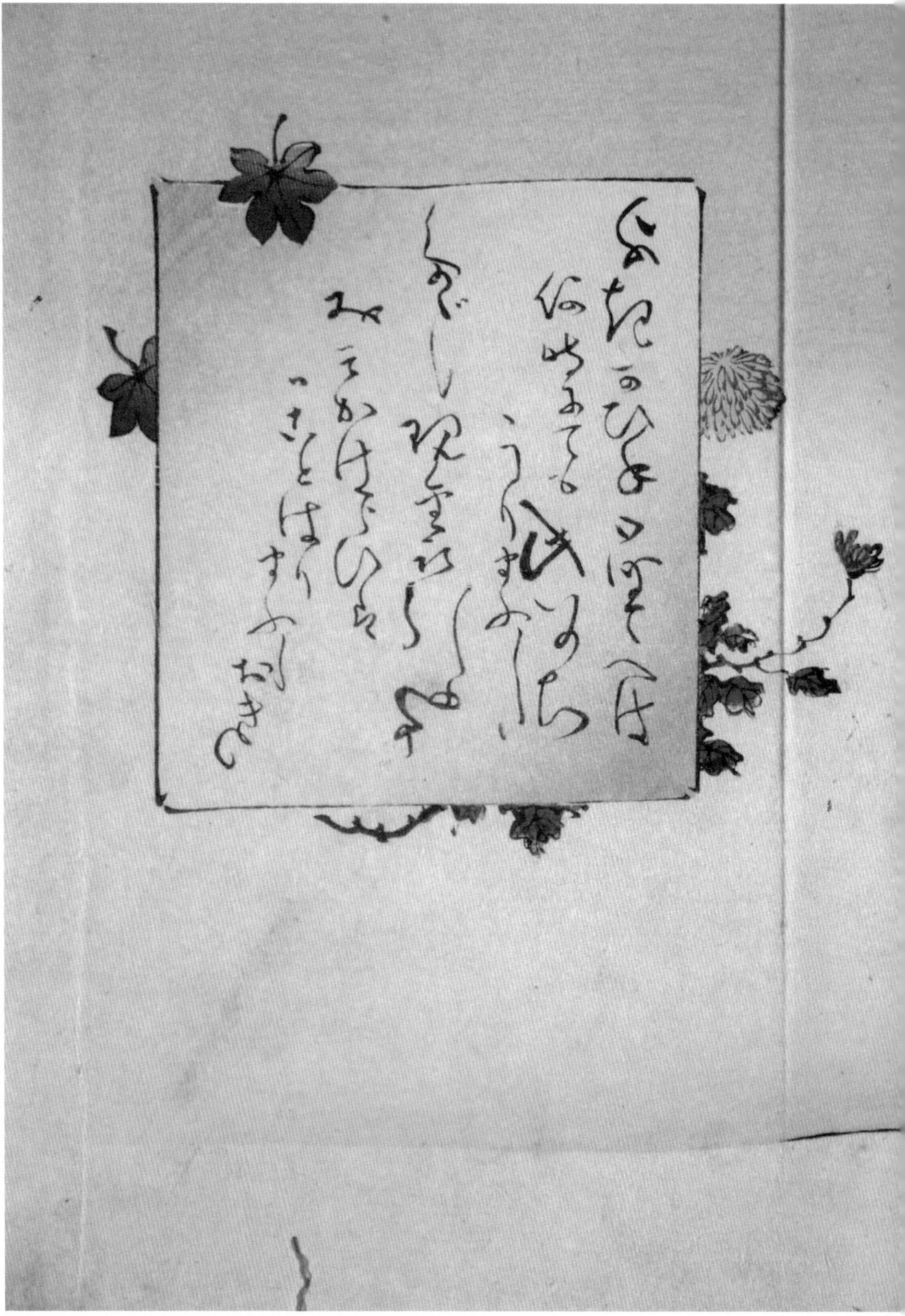

④—9　武内桂舟・水野年方・富岡永洗・梶田半古 画

尾崎紅葉 著『三人妻』多色摺木版口絵

（『木版美人画集 明治の女』創士社、昭和五二年一〇月より）

大富豪の葛城余五郎が、金の力で三人の美女を妾にする物語。単行本は明治二五年に春陽堂から上下二分冊で出版され、その口絵はいずれも武内桂舟による。掲載作は、それらとは異なる特別版と思われ、明治三六年におなじく春陽堂から発行された校訂第四版には、これが黒摺の写真版として挿入されている。後篇冒頭、余五郎が音羽の別荘で開いた花見の場面で、左より、茶屋店を開いたお才を年方が、酒席を設えた紅梅（お角）を桂舟が、茶席を準備したお艶を永洗が描き、背景は半古の筆という、珍しい四人の共作である。通常の口絵より大判で制作された。

④—10　渡辺省亭・久保田米僊《べいせん》画
宮崎三昧 著『塙《はなわ》団右衛門』多色摺木版口絵
（春陽堂、明治二六年七月）

戦国末期の武将、塙《はなわ》団右衛門を主人公にした時代小説。武者絵を得意とする米僊が団《ばん》右衛門を、花鳥画のみならず美人画でも知られる省亭が、傾城の左近を描いた。いかにも米僊らしい、肥痩ある力強い筆致で骨太に描かれる団右衛門と、繊細な描線で涼やかに美しく描かれる左近の対比で効果をあげ、清方は「合作の成功した」例と評価している（『こしかたの記』中央公論美術出版、昭和三六年四月）。作中ではたがいに意地を張りあう二人が、ともに片手をあごにやり、視線をぶつからせている構図には、絵師同士の息の合った感覚がうかがわれる。

④—11 鈴木華邨 画
広津柳浪 著「黒蜥蜴《とかげ》」多色摺木版口絵（「文芸倶楽部」明治二八年五月）

横暴な父に虐げられる若夫婦の悲劇を描き、日清戦争期より流行した「悲惨小説」の代表作となった。主人公の与太郎がめとったお都賀は、作中では著しく醜い容貌と設定されているが、女の顔という重要な鑑賞点が損なわれることを嫌ったものか、口絵では通常の美人画の顔立ちで描かれている。多色摺木版による細密な描写が美しい名作。華邨は明治・大正に活躍した日本画家で、阪急東宝グループの創業者・小林一三がその作品を愛好し、後援した。昨年には逸翁美術館で回顧展が開かれ、再評価の機運が高まっている。

④—12 **長原止水 画《人の見た猩々と猩々の見た人》**

**「めさまし草」巻之三一　裏絵**（「めさまし草」明治三一年九月）

森鷗外が主宰した文芸雑誌。描いた長原止水の談話によれば、鷗外からの「雑誌の裏を白くして置くのも変だから何か描いたらよかろう」という発案で引き受けたという（田口鏡次郎編『近代日本漫画集』中央美術社、昭和三年）。毎号にわたって、後年の諷刺漫画やポンチ絵につながるような裏絵が掲載され、表紙絵とは異なる面白さを演出している。出展作の意匠は、どこか後年の太宰治「猿ヶ島」を思わせる。

④—13 黒田清輝 画
徳冨蘆花 著『不如帰』写真版口絵（民友社、明治三三年一月）

蘆花の代表作で、大ベストセラーになった本作のヒロイン浪子を描く。蘆花は自伝的小説『富士』第二巻で、黒田（作中ではKさん）に口絵を依頼したおりのことを詳細に綴っており、「身分は子爵の若様、位置は洋画で海内随一の大家」に緊張しながら、それでも場所・時・人物のあらましを指定したことがわかる。完成した絵は「意中の浪子ではなかつた」とのことだが、この儚《はかな》げな浪子のイメージは、病ゆえに離婚させられ、早世する彼女への同情を一層掻き立て、明治の口絵で屈指の著名作となった。

## ④―14 鏑木清方 画《新緑》

**前田曙山 著「銅臭」多色摺石版口絵**（「新小説」明治三四年七月）

日本画家・鏑木清方はその画業を、口絵・挿絵から出発している。本作は、日傘片手に自転車をこぐ女学生を、赤と緑の鮮やかな配色を用いて描いている。海老茶《えびちゃ》の袴《はかま》で自転車に乗る女学生は、当時の新風俗を象徴する、ひとつのイコンであったことをうかがわせる。このモチーフは翌々年、小杉天外「魔風恋風」第一回の挿絵【⑤―15】（梶田半古画）に用いられて有名になった。

## ④―15 鏑木清方 画

泉鏡花 著『三枚続』多色摺木版口絵

（春陽堂、明治三五年一月）

本作は清方がはじめて手がけた多色摺木版口絵で、絵双紙屋の娘お夏が鶏を抱き上げるシーンを描く。これを描いた直後、清方は鏡花とはじめて対面し、「春陽堂で画の話の出る時は、予は必らず君を推す。爾來《じらい》刎頸《ふんけい》の友たらむ」と言われている（『こしかたの記』）。以後幾多の名作を世に送り出す、鏡花―清方ペアの誕生であった。

④—16 藤島武二画
与謝野晶子 著『みだれ髪』挿絵
（東京新詩社、明治三四年八月）

藤島武二は薩摩出身の洋画家で、もと川端玉章に師事して円山四条派を学んだものの、明治二三年ころより洋画に転向。明治二九年に東京美術学校助教授となり、長きにわたって洋画壇で指導的な役割をはたした。与謝野鉄幹が幼少期を鹿児島ですごした縁で、「明星」の挿絵画家として起用され、そのまま本書の表紙絵・挿絵も描いた。武二は本書表紙にハートを射貫いた矢とアール・ヌーヴォー風の草花を、この挿絵にはキューピッドを描いて、恋愛感情をストレートに歌いあげた晶子の歌とよく呼応している。

④—17 中村不折 画
夏目漱石 著『吾輩ハ猫デアル』
上編 多色摺石版口絵
（大倉書店、明治三八年一〇月）

次の【④—18】で紹介するとおり、ともに正岡子規の人脈にある漱石と不折の作品。子どもが猫の尻尾を摑んでいたずらしようとしているところを、障子に写る影絵で描いた。出展作のみならず、不折はこの上編の口絵・挿絵で一度も猫の面貌を描かず、すべてシルエットで表現している。漱石は不折の絵を大いに気に入ったらしく、「大兄の挿画は其奇警軽妙なる点に於て大に売行上の契機を助け候事と深く感謝致候」と礼状を送っている（明治三八年一〇月二九日付）。

## ④—18 中村不折 画
## 伊藤左千夫 著『野菊の墓』多色摺石版口絵（俳書堂、明治三九年四月）

不折は小山正太郎に師事した洋画家で、書家としても活躍した。本格的な油彩画とは別に、軽妙かつモダンな口絵・挿絵でも知られ、夏目漱石『吾輩ハ猫デアル』上巻の挿絵【④—17】は特に著名。そうした作家たちとのつながりの根幹には、明治三五年に早世した正岡子規との親交があり、漱石は子規の親友であったし、本書の著者、伊藤左千夫は子規の高弟である。洋画のパースを基調としながら、デフォルメされた線描が写実性と融合し、独特のくすんだ色彩もあわせて、新時代の俳画のような雰囲気が醸し出されている。

## ④—19　名取春仙 画

夏目漱石 著「三四郎」一の一挿絵
（「東京朝日新聞」明治四一年九月一日）

春仙は【④—10】の久保田米僊門の絵師で、明治四〇年、二葉亭四迷「平凡」の挿絵を描いたことから「東京朝日新聞」の嘱託となり、「虞美人草」「それから」「明暗」といった漱石作品のほか、島崎藤村「春」や森田草平「煤煙」などの挿絵も手がけた。描線の肥痩にかすかな師風を残しつつ、極端に単純化された線がイラストレーションへの接近さえ思わせる、モダンな挿絵に仕上げている。小出楢重や棟方志功らの次なる起用を予感させる、新時代の息吹を感じさせる挿絵である。

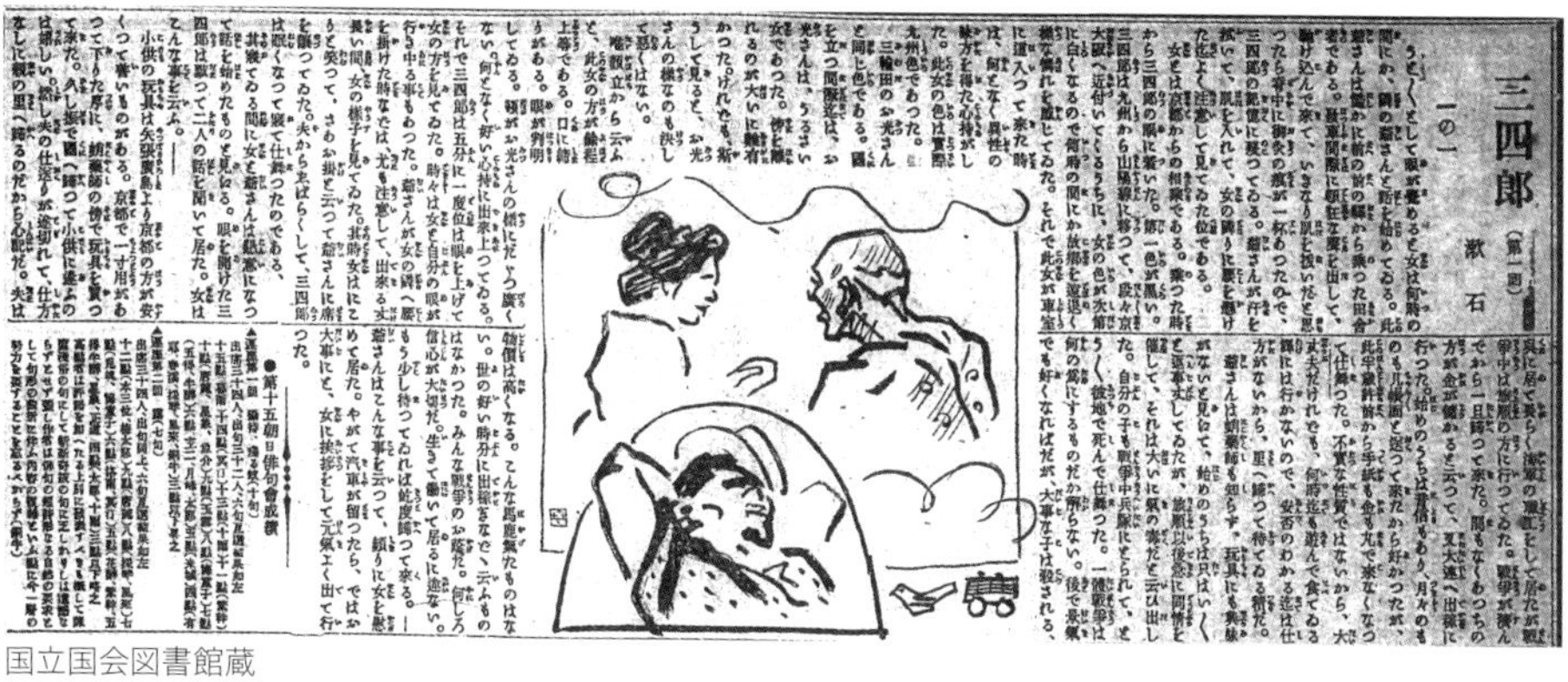

三四郎（第一回）　漱石

一の一

うと〳〵として眼が覚めると女は何時の間にか、隣の爺さんと話を始めてゐる。此爺さんは慥かに前の前の駅から乗つた田舎者である。発車間際に頓狂な声を出して、馳け込んで来て、いきなり肌を抜いだと思つたら背中に御灸の痕が一杯あつたので、三四郎の記憶に残つてゐる。爺さんが汗を拭いて、肌を入れて、女の隣りに腰を懸けた迄よく注意して見てゐた位である。

女とは京都からの相乗である。乗つた時から三四郎の眼に着いた。第一色が黒い。三四郎は九州から山陽線に移つて、段々京大阪へ近付いてくるうちに、女の色が次第に白くなるので何時の間にか故郷を遠退く様な憐れを感じてゐた。それで此女が車室に這入つて来た時は、何となく異性の味方を得た心持がした。此女の色は実際九州色であつた。

三輪田のお光さんと同じ色である。国を立つ間際迄は、お光さんは、うるさい女であつた。傍を離れるのが大いに難有かつた。けれども、斯うして見ると、お光さんの様なのも決して悪くはない。

唯顔立から云ふと、此女の方が余程上等である。口に締りがある。眼が判明してゐる。額がお光さんの様にだゞつ広くない。何となく好い心持に出来上つてゐる。それで三四郎は五分に一度位は眼を上げて女の方を見てゐた。時々は女と自分の眼が行き中る事もあつた。爺さんが女の隣へ腰を掛けた時などは、尤も注意して、出来る丈長い間、女の様子を見てゐた。其時女はにこりと笑つて、さあ御掛けと云つて爺さんに席を譲つてゐた。夫からしばらくして、三四郎は眠くなつて寝て仕舞つたのである。

其寝てゐる間に女と爺さんは懇意になつて話を始めたものと見える。眼を開けた三四郎は黙つて二人の話を聞いて居た。女はこんな事を云ふ。――

小供の玩具は矢張り広島より京都の方が安くつて善いものがある。京都で一寸用があつて下りた序に、蛸薬師の傍で玩具を買つて来た。久し振で国へ帰つて小供に逢ふのは嬉しい。然し夫の仕送りが途切れて、仕方なしに親の里へ帰るのだから心配だ。夫は呉に居て永らく海軍の職工をして居たが戦争中は旅順の方に行つてゐた。戦争が済んでから一旦帰つて来た。間もなくあつちの方が金が儲かると云つて、又大連へ出稼ぎに行つた。始めのうちは音信もあり、月々のものも几帳面に送つて来たから好かつたが、此半歳許前から手紙も金も丸で来なくなつて仕舞つた。不実な性質ではないから、大丈夫だけれども、何時迄も遊んで食べてゐる訳には行かないので、安否のわかる迄は仕方がないから、里へ帰つて待つてゐる積だ。

爺さんは蛸薬師も知らず、玩具にも興味がないと見えて、始めのうちは只はい〳〵と返事丈してゐたが、旅順以後急に同情を催して、それは大いに気の毒だと云ひ出した。自分の子も戦争中兵隊にとられて、とう〳〵彼地で死んで仕舞つた。一体戦争は何の為にするものだか解らない。後で景気でも好くなればだが、大事な子は殺される、物価は高くなる。こんな馬鹿気たものはない。世の好い時分に出稼ぎなどゝ云ふものはなかつた。みんな戦争のお蔭だ。何しろ信心が大切だ。生きて働いて居るに違ない。もう少し待つてゐれば屹度帰つて来る。――爺さんはこんな事を云つて、頻りに女を慰めて居た。やがて汽車が留つたら、ではお大事にと、女に挨拶をして元気よく出て行つた。

●第十五朝日俳句会成績

国立国会図書館蔵

英朋画

## ④—20 鰭崎英朋 画

### 泉鏡花 著『続風流線』多色摺木版口絵（春陽堂、明治三八年八月）

前篇『風流線』（春陽堂、明治三七年一二月）の口絵は清方、続篇の口絵は英朋と、鏡花の信頼した二人が連続して絵をつけた。本作は船から芙蓉湖に落ちた美樹子を多見次が救出する場面を描いており、見事な多色摺木版で表現される「水」は幻想的ですらある。本画にも勝るとも劣らないすぐれた出来で、本作は鏡花作品の口絵のなかでも最高傑作の一つと位置づけられる。英朋の画業のみならず、鏡花の作品世界のビジュアルイメージとしても参照される名作である。

## ④—21 鰭崎英朋 画

### 泉鏡花 著『続風流線』口絵習作1、2

【④—20】の習作。ラフなスケッチから徐々に描線が決まってゆく過程や、水の表現への苦心がうかがわれて興味深い。ただし伝統木版の場合、すべての描線を絵師が記すとはかぎらず、特に波や模様などは彫師の裁量に委ねられることも多かったようである。また、板木への剞劂《きけつ》だけでは表現できない、ぼかしのような摺りによる効果も重要である。本作もかなりの部分を彫師・摺師の技術に委ねて制作されたと思われ、完成版の口絵には英朋と並び、「彫徳」「松村印刷」の落款が見えている。

個人蔵

## ④―22 梶田半古 画

小栗風葉 著『青春』夏 多色摺木版口絵
（春陽堂、明治三九年一月）

「青春」は、先行する小杉天外「魔風恋風」に続き、若い男女学生の風俗と恋愛模様を描いた長篇小説である。この口絵は特定の場面に取材した図柄ではなく、窓外を眺めながら帯を結ぼうとするヒロイン小野繁を描く。半古の清新な筆で描かれる楚々とした女学生の姿は、本作の人気の高さに少なからず寄与したであろう。

## ④―23 梶田半古 画

『青春』口絵の差上げ

墨による校合《きょうごう》摺りに半古が彩色した差上げである。完成形の見本にあたるが、しかしできあがった【④―22】と比較すると、着物や帯の図柄、戸外の草花の様子などがいずれも大きく変えられている。この変更の背後には、①絵師と打ち合わせた作家からの指示、②彫師の独断による変更という二つの可能性が指摘されており（常木佳奈「近代木版口絵の制作過程とその体制」、「アート・リサーチ」平成三一年三月）、特に木版における彫師・摺師の重要性を考えれば、彼らがより主体的に図柄に関わっていて不思議ではない。

朝日コレクション

朝日コレクション

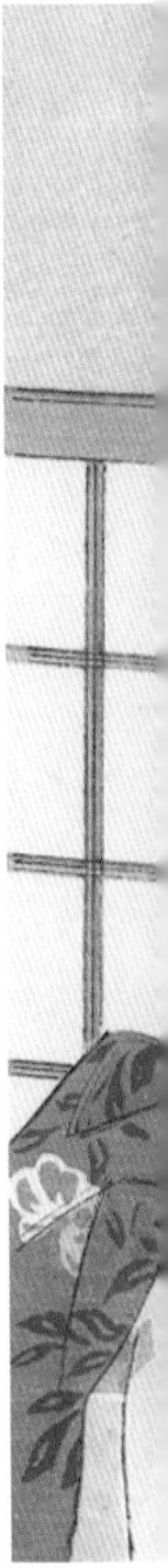

## 「差上げ」とは？

多色摺木版の制作は、

①絵師による下絵の作成
②下絵をもとに彫師が輪郭線だけの主版《おもはん》を彫る
③主版から墨一色の校合摺りと呼ばれる版を作成
④墨一色・輪郭線のみの校合摺りに、絵師が配色・濃淡を指示（色差し）
⑤絵師の色指定をもとに、彫師が色の数だけ色版を作成
⑥最後に摺師が主版と色版の順で摺り出して完成

という工程をたどる。しかし明治期においては、絵の具の種類が様々になったこと、肉筆で描いたような摺りが目指されたこと、絵師が完成形まで統御する意識が強まったことなどを反映し、絵師が校合摺りに着色して制作した見本、いわゆる「差上げ」が作られるようになった。絵師はさらに、校合刷り一枚につき一色の色をつけて色差しも行い、彫師はこれをもとに色版を彫った。

④—24 鰭崎英朋 画
後藤宙外 著
『月に立つ影』前編
多色摺木版口絵
（春陽堂、明治三九年八月）

ヒロインの三栖《みす》桃《もも》与《よ》と、彼女から求婚を断られて恨む実業家の氏家を描く。清楚な桃与の美しさを、細部にまでゆきとどいた彫り・摺りで表現しつつ、その背後にあえて氏家を配することで、不穏な空気も同時に表現している。ただし、差上げ【④—25】とはドレスの柄が異なっているほか、おそらく胡粉を使用して繊細に散りばめた白い模様が再現されておらず、首飾りの表現も簡素化されている。

④—25 鰭崎英朋 画

『月に立つ影』前編の差上げ

英朋による差上げ。『青春』の差上げ・口絵にくらべると、ドレスの柄も比較的忠実に再現されたことがわかるが、それでも絵師が描いたそのままが彫られたわけではない。また、氏家の背後の木の葉は大きく描き変えられたほか、髪の表現も異なっており、絵師・彫師・摺師それぞれの立ち位置がうかがわれて興味深い。

朝日コレクション

市ヶ谷小町
英朋筆

## ④―26 鰭崎英朋 画
### 桃川如燕 講演「市ヶ谷小町」多色摺［オフセット］口絵
（「娯楽世界」大正四年六月）

二代目桃川如燕の怪談「市ヶ谷小町」に取材した口絵で、美女おかつの幽霊を描いている。石版もしくはオフセットによる口絵。蠟燭の明かりに浮かびあがる女の恨みを宿した目は、凄絶なまでに妖艶である。松本品子『挿絵画家英朋 鰭崎英朋伝』（スカイドア、平成一三年一月）によれば、「娯楽世界」は英朋の雑誌といってもよいほどに表紙・口絵・挿絵にいたるすみずみまで英朋の手がかかっている。

## ④―27 鰭崎英朋 画《市ヶ谷小町》校正摺

こちらは差上げではなく、絵師にまわされた校正摺り。左肩に「必要再校」とあるので、初校であったことがわかる。各部分に出された細かな指示に加え、「この絵を六色では無理なり　而してこの絵に一番入用の極薄鼠をとつては此絵は殆ゼロなり」「六色ならば濃藍をトル方其の当を得たるものなり」など、思い描く色を摺刷で表現させるための苦心がうかがわれる。木版についても、こうした細かなやりとりが繰り返されたものであろうか。

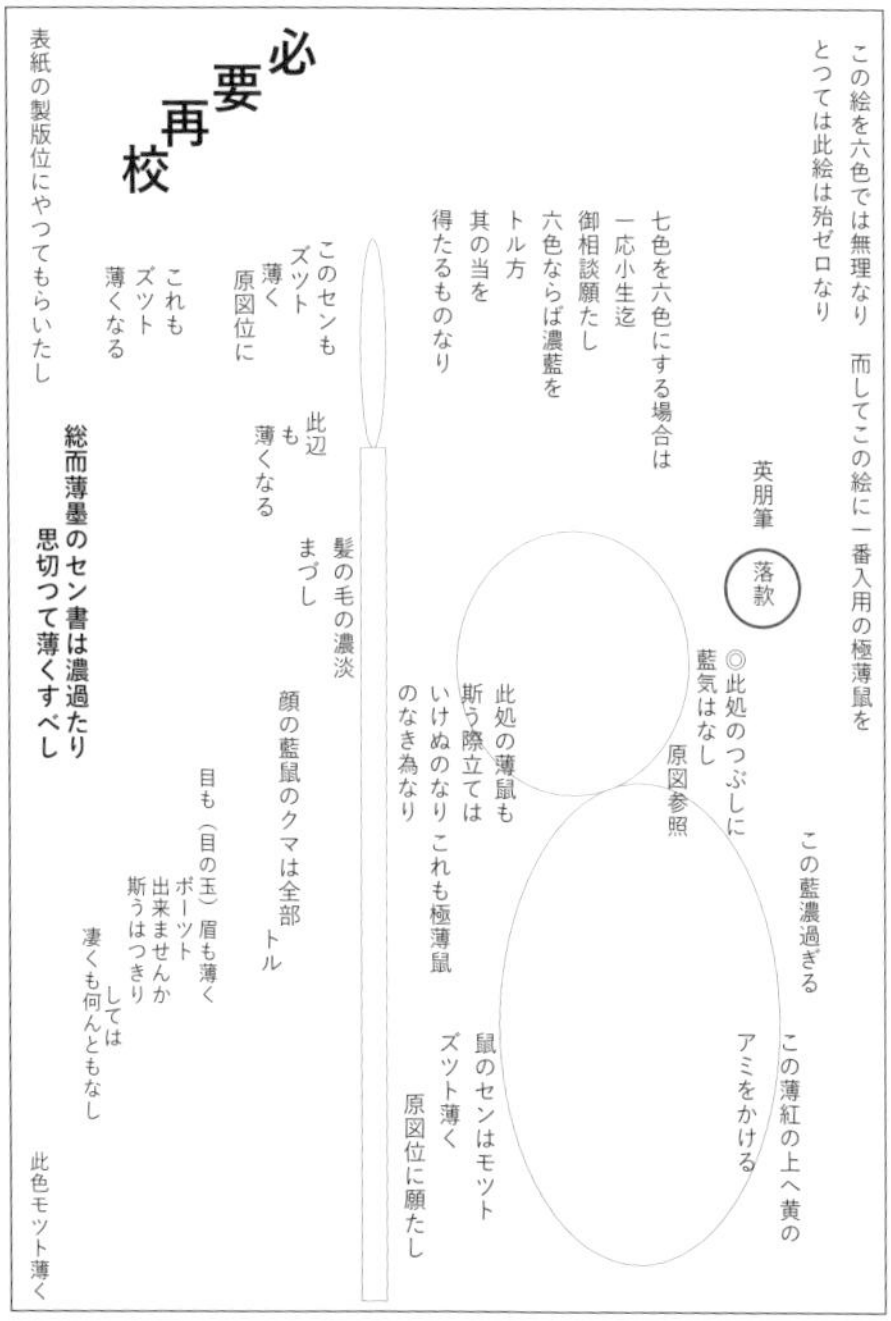
この絵を六色では無理なり　而してこの絵に一番入用の極薄鼠を
とつては此絵は殆ゼロなり
七色を六色にする場合は
一応小生迄
御相談願たし
六色ならば濃藍を
トル方
其の当を
得たるものなり
英朋筆
落款
◎此処のつぶしに
藍気はなし
原図参照
この藍濃過ぎる
この薄紅の上へ黄の
アミをかける
此処の薄鼠も
斯う際立ては
いけぬのなり　これも極薄鼠
のなき為なり
鼠のセンはモット
ズット薄く
原図位に願たし
髪の毛の濃淡
まづし
顔の藍鼠のクマは全部
トル
このセンも
ズット
薄く
原図位に
此辺
も
薄くなる
目も（目の玉）眉も薄く
ボーツト
出来ませんか
斯うはつきり
しては
凄くも何んともなし
必
要
再
校
これも
ズット
薄くなる
総而薄墨のセン書は濃過たり
思切つて薄くすべし
表紙の製版位にやつてもらいたし
此色モット薄く

個人蔵

## ④―28 満谷国四郎 画

国木田独歩 著『欺かざるの記』前編 石版口絵

（左久良書房、明治四一年一〇月）

独歩歿後に出版された日記。親交を結んだ洋画家、満谷国四郎による風景画が口絵に用いられた。独歩の代表作「武蔵野」（明治三一年）の舞台であり、本日記でも佐々城信子との散策の場面などに登場する武蔵野の田園風景を描いている。アイレベルを中央に置くパースと写実的な表現、そして画面左奥へと誘うように伸びる小道は、郊外を散策する「武蔵野」の「自分」を容易に想起させ、このイメージ自体が独歩の作品世界を象徴する一つのイコンとなっているかのようである。【④―29】に示す、日本画家による風景挿絵と比較すると、本文の内容と絵との組み合わせが作り出す世界観の違いがよくわかる。

## ④―29 久保田米僊 画

合作『草鞋記程』木版挿絵

（高橋省三私家版、明治二五年一一月）

明治中期の文人サークルである根岸党の面々、幸田露伴・森田思軒・幸堂得知《こうどうとくち》らが、党の一員である須藤南翠《なんすい》の『大阪朝日新聞』入社へのはなむけとして、二泊三日の妙義山旅行を挙行し、その模様を描いた合作紀行を私家版にしたのが本書である。党のメンバーで同行した富岡永洗が口絵と挿絵一葉を、おなじく同行した久保田米僊が挿絵三葉を寄せた。山肌・岩肌を表現する雄渾な筆致の皴法《しゅんぽう》は米僊の得意とするところで、これに文人画風の家屋を配した世界観は、全篇文語、瀟洒な線装本という本書の姿とよく取りあっている。

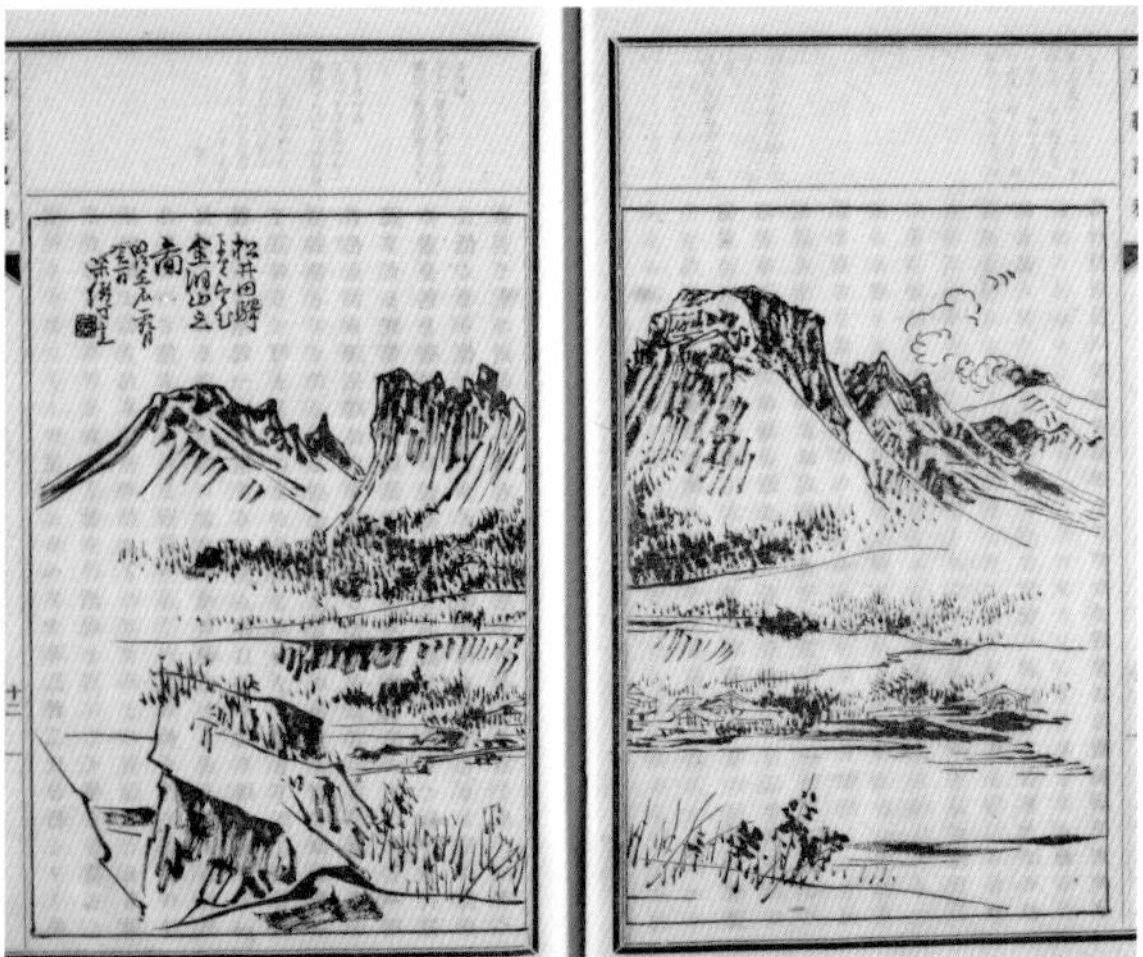

# 第V章　新聞挿絵の世界

明治の絵入り新聞小説は、戯作ときわめて近い位置にあります。それほど長くない分量ごとをひとまとまりにする形式、挿入される絵の多さ、複雑に入組んだ筋と起伏に富んだ展開、いずれも近世の合巻の世界を強く想起させます。それもそのはず、草創期の新聞小説（「続き物」と呼ばれました）の作者の多くは、維新を迎えて転身した戯作者やその弟子たちなのでした。従って、まずは作者が指示画を描き、そのあとで文章を書き進める制作工程も自然に受継がれましたが、そこには多くの問題が存在していました。

何しろ、新聞は日刊という、すさまじい速度で刊行されます。それに対応するには、絵と本文の両方を書いた稿本など作っている暇はありません。先に何日分かの絵を指示して制作にあたらせ、それができあがってから本文をつけて組版に回すのですが、そうすると本文と絵の進度がずれたり、内容が食違ったりする危険性は高まります。加えて、毎日おなじような図柄では飽きられますので、絵に変化をつけるべく、物語にも起伏が不可欠でした。

この慣習は束縛となる一方、それを逆手に取り、新聞ならではの多数の絵を活用しようとした作家もいました。この最終章では、これまでの単行本や雑誌とは大きく性質の異なる、絵入り新聞小説の諸相をご紹介します。

⑤—1 **絵師不明**
（「今日新聞」明治一八年六月一八日）

記者が絵師に与えた指示画の図案がそのまま紙面に載ってしまった、珍しい例。「挿画受持の画工は日枝神社大祭の祝ひ酒を飲過して痛酲《つうてい》の病気中ゆゑ、記者が下画を其儘《そのまま》に彫刻させ、一日だけの間に合せに掲げたれば、其積りでお目翻《こぼ》しを願ひます」との注記が併せて載っており、真偽はともかく、絵師が二日酔いで仕事ができなかったため指示画をそのまま挿絵としたらしい。専門の絵師ではない記者でも、そのまま紙面に使えるほどの絵を描いていたことがわかる。

国立国会図書館蔵

⑤—2 **右田年英 画**
**半井桃水《なからいとうすい》 著「胡砂《こさ》吹く風」一—五回挿絵**
（「東京朝日新聞」明治二四年一〇月二日〜七日）

主人公の人物紹介的な第一回から、危ういところを救った女性とのあいだに子どもをもうける第五回まで、本文と対応する挿絵にこれだけの変化がついていることに驚かされる。絵入り新聞小説では、読者を飽きさせないため絵の変化が求められたとされ、それに牽引される形で、本文でも起伏に富んだストーリーが展開された。樋口一葉の師であり、当時の流行作家だった半井桃水が、そうした作品の生命線をよく理解していたことが見て取れる作例である。

一回

二回

三回

四回

五回

国立国会図書館蔵

## ⑤—3 中江玉桂 画

樋口一葉著「別れ霜」六〜八、一一〜一二挿絵（「改進新聞」明治二五年四月六日〜一二日）

一葉の初期作品で、生涯唯一の絵入り新聞小説。初回を除き、彼女自身が絵に指示したことが日記から知られる。しかし、許婚お高との仲を裂かれ、車夫になった芳之助と人力車の絵が三度にわたって続くうえ、彼の陋屋を訪ねようとして逡巡《しゅんじゅん》するお高も二度連続して描かれ、絵に十分な変化がついていない。一葉の特長は繊細な内面描写にあり、起伏ある展開を要する絵入り新聞小説に適さないことを見抜いたのか、師の桃水はこの後、挿絵のない「読売新聞」への執筆をすすめている。

六

七

八

一二

一三

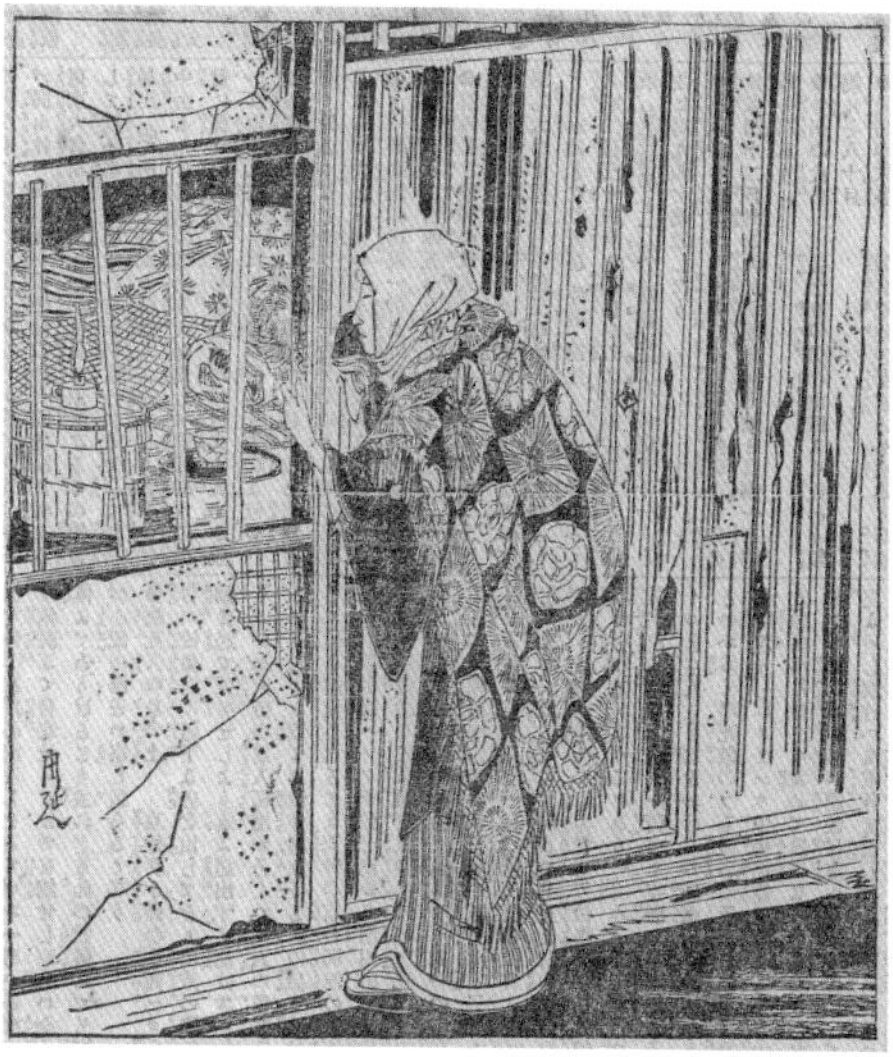

台東区立一葉記念館蔵

## ⑤―4 右田年英 画

**饗《あえ》庭《ば》篁《こう》村《そん》 著「小町娘」二、三、七、八回挿絵**
（「東京朝日新聞」明治二三年三月二二日〜二七日）

挿絵を用いない「読売新聞」から移籍してきた篁村が、はじめて執筆した絵入り新聞小説。意に反して挿絵の使用を強いられたらしく、篁村は連載に先立つ「字入小説の前口上」（明治二三年三月一六日）で、今回は絵に字をつけるだけだと宣言。実際、町内の謎の美人をめぐる床屋の客たちの様々な噂という設定とし、別人から与えられた何の脈絡もない絵に各回小話をつける形で展開した。上野戦争で討ち死にした侍の娘（第二回）、華族の若殿の洋行を見送る婚約者（第七回）、さる僧侶の妾（第八回）など、統一のない噂の連続で、以後篁村は挿絵を免除された。

二回

三回

七回

八回

国立国会図書館蔵

## ⑤—5　右田年英 画

### 宮崎三昧 著「塙団右衛門」一一～一四回挿絵

（「東京朝日新聞」明治二五年一二月一五日～一八日）

刊行ペースの速い新聞小説は、執筆に先立ち何回分かの絵をまとめて指示するため、執筆の遅滞や構想変化が齟齬《そご》に直結する。本作は全四一回の連載中、本文と挿絵の進行が最大で一四回分もずれてしまった。また、団右衛門が徳川家康側室のお万の方に拝謁するという、一三回の挿絵の場面は本文では書かれず、茶屋で休む彼女に侍が報告する、本文の記述から推察される挿絵があわてて準備されるなど、著しい混乱が見られる。筋の展開よりも人物の気風の描写を重視したゆえの不具合だが、それゆえに三昧の代表作となったのは皮肉である。

一一回

一二回

一三回

一四回

国立国会図書館蔵

## ⑤—6 中江玉桂 画

尾崎紅葉・田山花袋 著「笛吹川」二、八、四七、四九、五六、五九回挿絵

（『読売新聞』明治二八年五月二日、五月八日、六月二〇日、六月二二日、六月三〇日、七月三日）

「読売」初の本格的な絵入り連載小説。浮世絵風の筆致で人物を中心に描くのが一般的だった当時、本作は主要人物の顔や全身像を一度も示さず、人物や場面にまつわる象徴的な小物、風景などにフォーカスし、余白を残して描いている。清方らはこれを「留守もやう」と呼んでいた（『こしかたの記』）。縁先で対坐する人物をあえて描かない第二回の挿絵が典型的で、こうした挿絵はすべて紅葉の指示によって描かれた。

二回

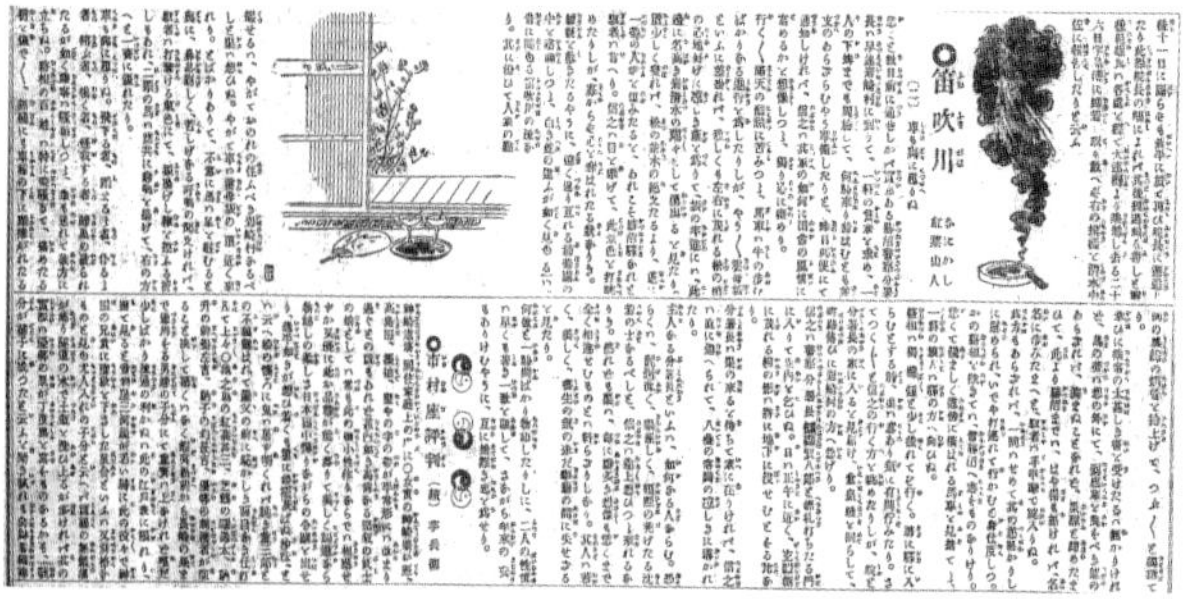

八回

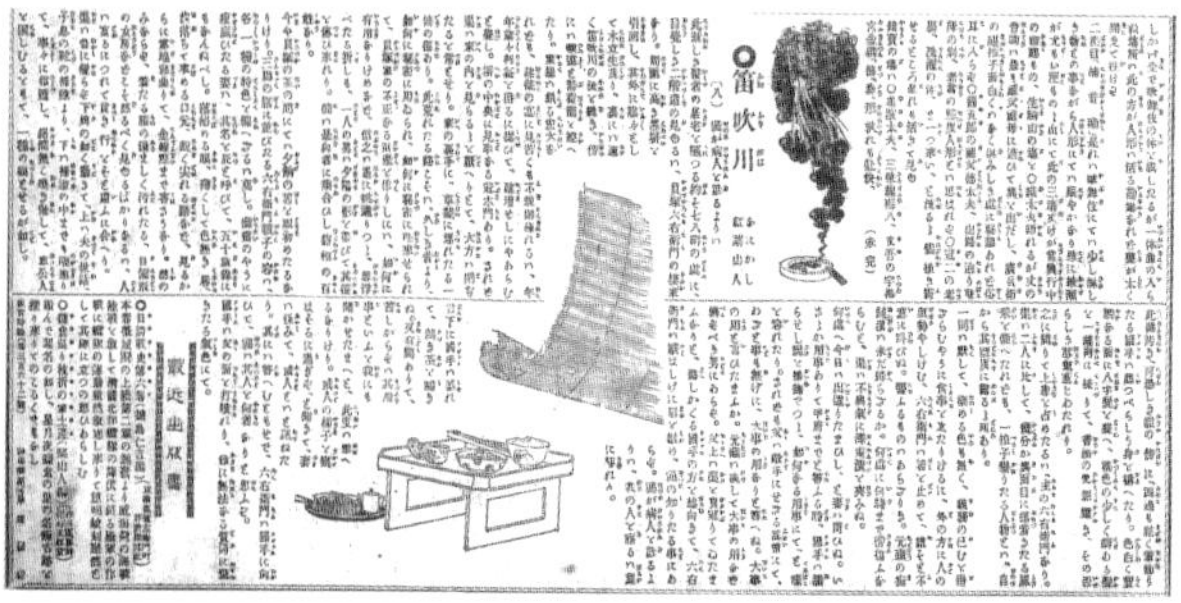

四九回

五六回

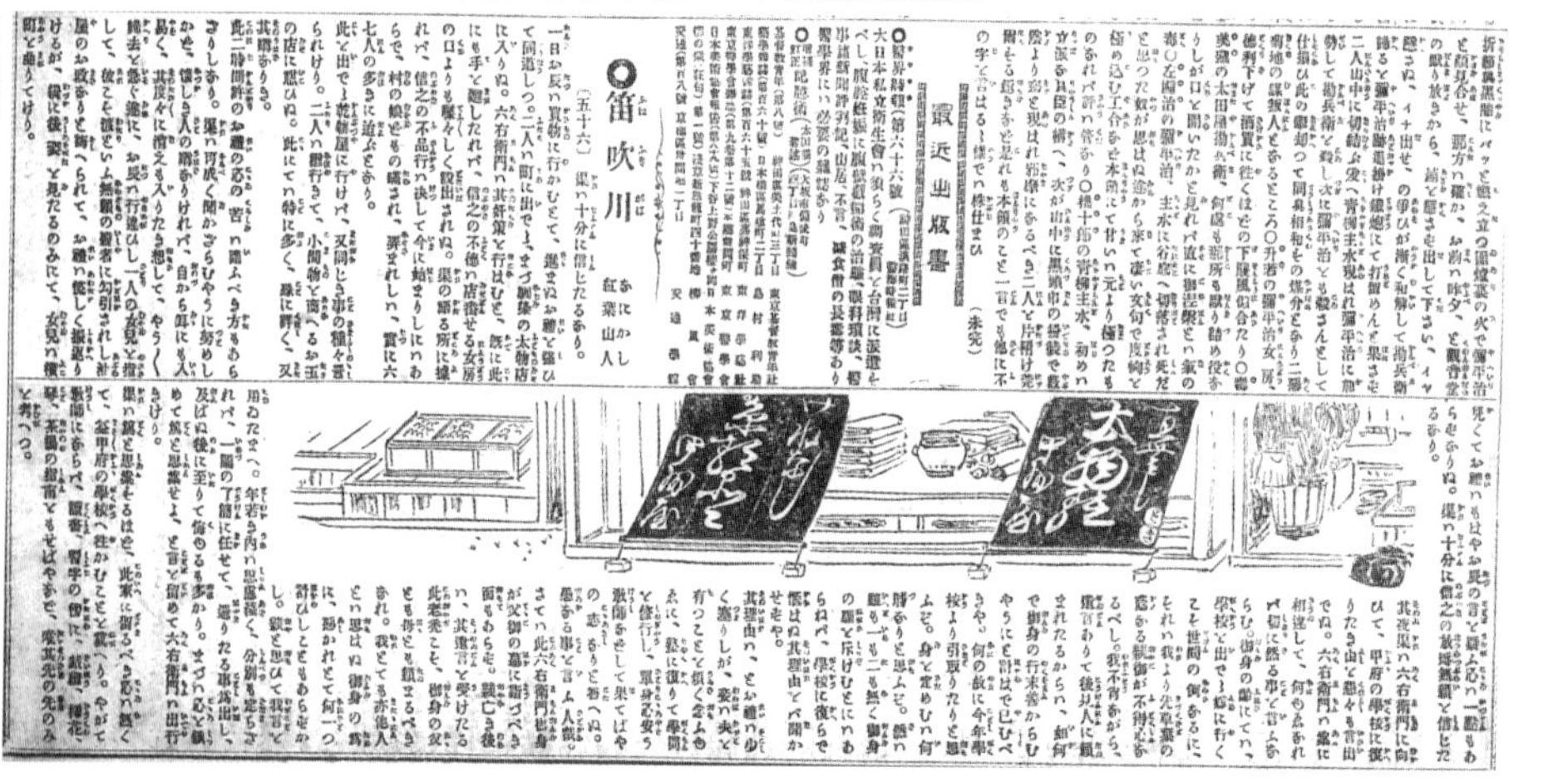

思いながら会うことを禁ぜられた男女が、木塀越しに言葉を交わす第四七回、挿絵は本文に登場しない猫を描く。これは、女を象徴する花のもとに、男の思いが通っていることの象徴と解され、本文と挿絵の可能性を開拓するすぐれた試みと言えよう。また、第五六回の挿絵は新聞の広い紙面を活かし、町に出たヒロインが順に入ってゆく店を大胆な横長構図で描き、第五九回の挿絵は別な男の策謀を黒々とした影で暗示するなど、紅葉の斬新な試みに目を奪われる。

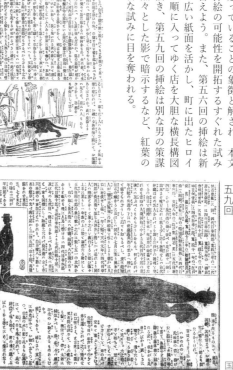

四七回

五九回

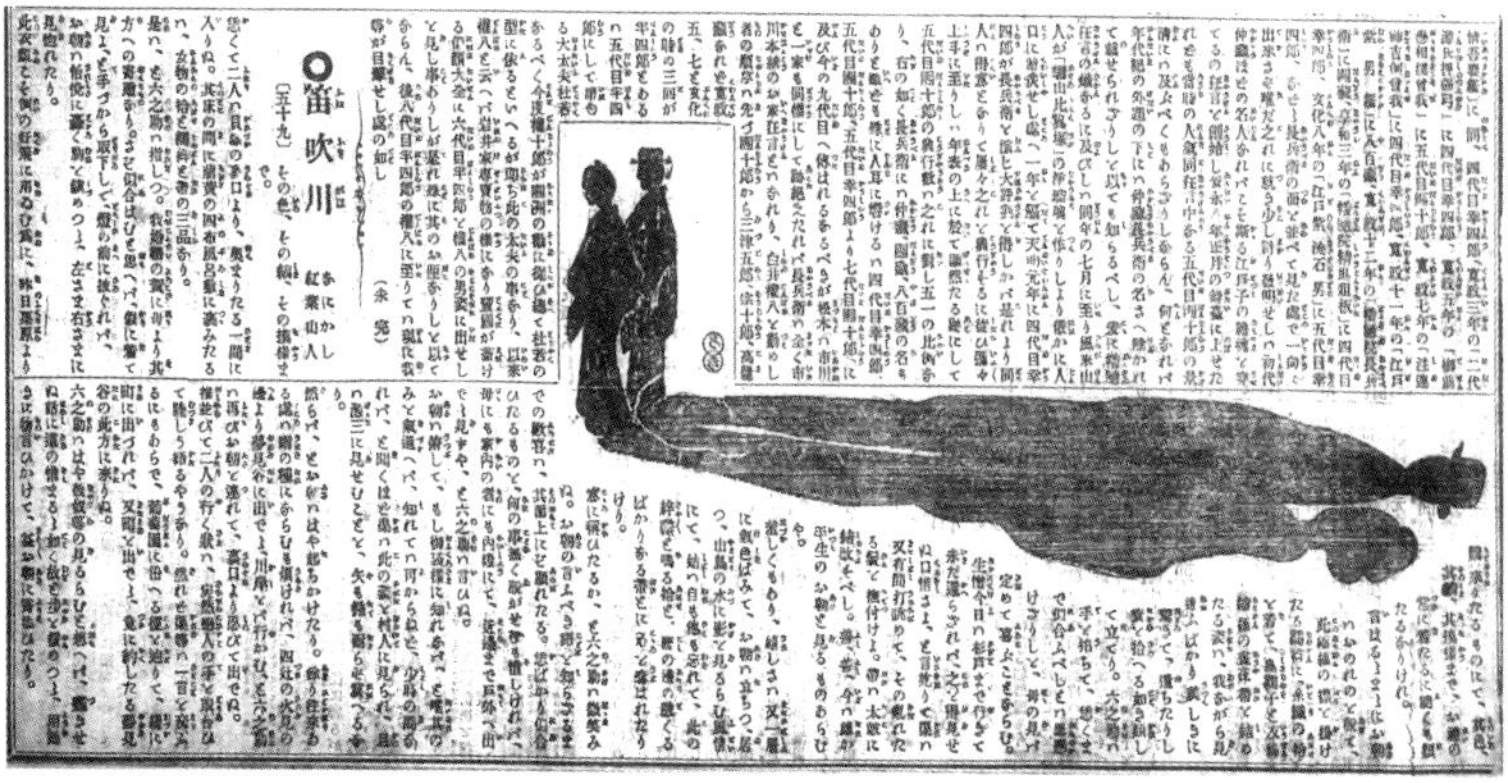

国立国会図書館蔵

⑤—7 中江玉桂 画
尾崎紅葉・田山花袋 著『笛吹川』
単行本二五頁挿絵
（春陽堂、明治二八年一二月）

こちらは「笛吹川」の単行本に入れられた挿絵。初出第八回の挿絵の再録のようだが、簾に浮き出ていた版木の分割線が単行本の絵には見あたらず、版木が作りなおされた可能性もある。版木を分割して彫るのは、彫師が弟子たちと手分けして剞劂《きけつ》にあたっていたためで、特に速度が必要な新聞の挿絵では一般的だった。簾の右側がカットされているのは、単行本の版面が新聞より狭いため。

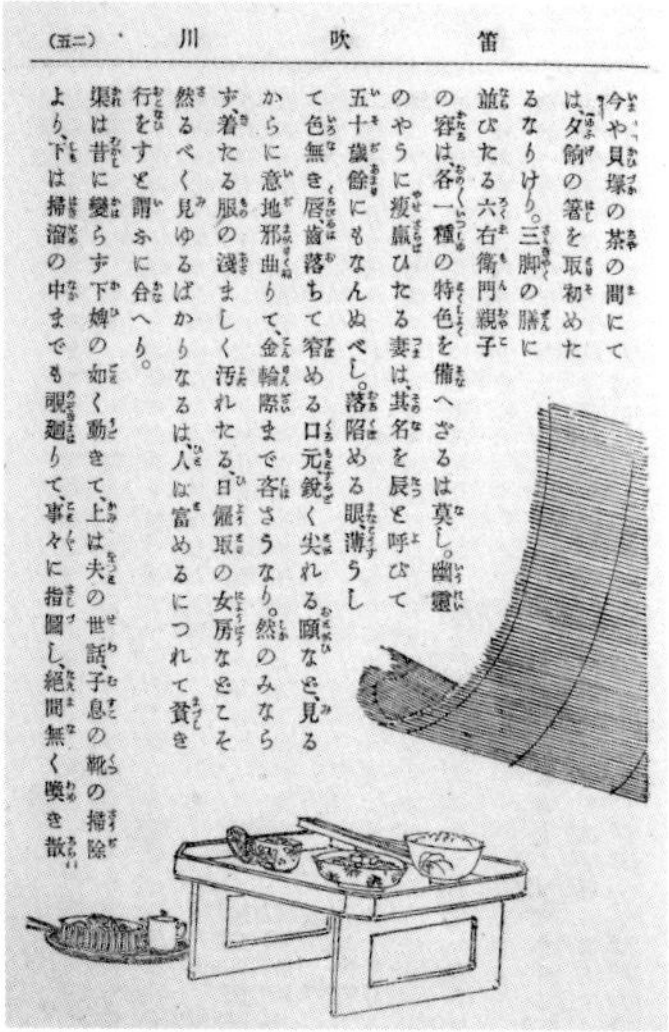

笛　吹　川　（二五）

今《いま》や貝塚《かひづか》の茶《ちや》の間《ま》にては、夕餉《ゆふげ》の箸《はし》を取初《とりそ》めたるなりけり。三脚《さんきやく》の膳《ぜん》に並《なら》びたる六右衛門《ろくゑもん》親子《おやこ》の容《かたち》は、各《おの》一種《いつしゆ》の特色《とくしよく》を備《そな》へざるは莫《な》し。幽靈《いうれい》のやうに痩羸《やせさらば》ひたる妻《つま》は、其名《そのな》を辰《たつ》と呼《よ》びて五十歳《いそぢ》餘《あまり》にもなんぬべし。落陷《おちくぼ》める眼《まなこ》薄《うす》うして色無《いろな》き脣《くちびる》、齒《は》落《お》ちて窄《すぼ》める口元《くちもと》鋭《するど》く尖《とが》れる頤《おとがひ》など、見《み》るからに意地《いぢ》邪曲《まがり》て、金輪際《こんりんざい》まで吝《しは》さうなり。然《しか》のみならず着《き》たる服《もの》の淺《あさ》ましく汚《よご》れたる、日傭取《ひようとり》の女房《にようばう》などこそ然《さ》るべく見《み》ゆるばかりなるは、人《ひと》は富《と》めるにつれて貧《まづ》しき行《おこなひ》をすと謂《い》ふに合《かな》へり。渠《かれ》は昔《むかし》に變《かは》らず下婢《かひ》の如《ごと》く勤きて、上《かみ》は夫《をつと》の世話《せわ》、子息《むすこ》の靴《くつ》の掃除《さうぢ》より、下《しも》は掃溜《はきだめ》の中《なか》までも覗廻《のぞきまは》りて、事々《こと〵》に指圖《さしづ》し、絶間《たえま》無《な》く喚《わめ》き散《ち》

## ⑤—8 中江玉桂 画

### 尾崎紅葉 著「青葡萄」二七、二九、三二、三五回挿絵

（「読売新聞」明治二八年一〇月一五日、一〇月一七日、一〇月二四日、一〇月二八日）

紅葉の絵入り小説の第二作、「青葡萄」の挿絵。やはり「留守もやう」で描かれているが、修辞上の表現を視覚化した例が興味深い。俎板《まないた》に乗せられた鯉を描く第二七回の挿絵は、本文に鯉が出てくるわけではなく、作中人物が覚悟を決めて「俎上の鯉だ！」と言う比喩表現をそのまま描いた。また、第二九回の挿絵も、「必ず姥捨山に遣るのではない」（厄介払いではない）という比喩に取材する。第三二回の額縁効果、第三五回の動きのある挿絵なども斬新である。

二七回

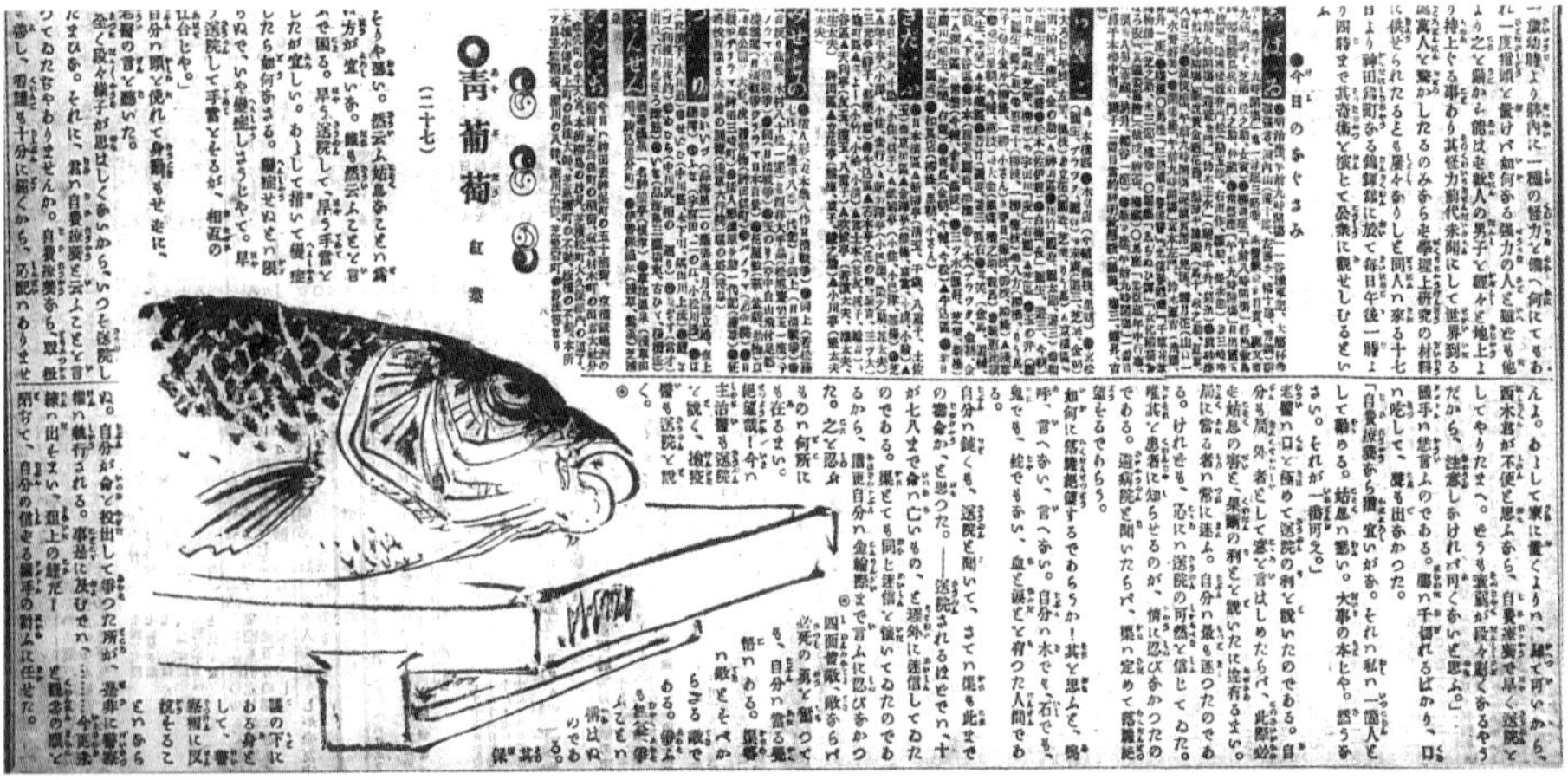


二九回

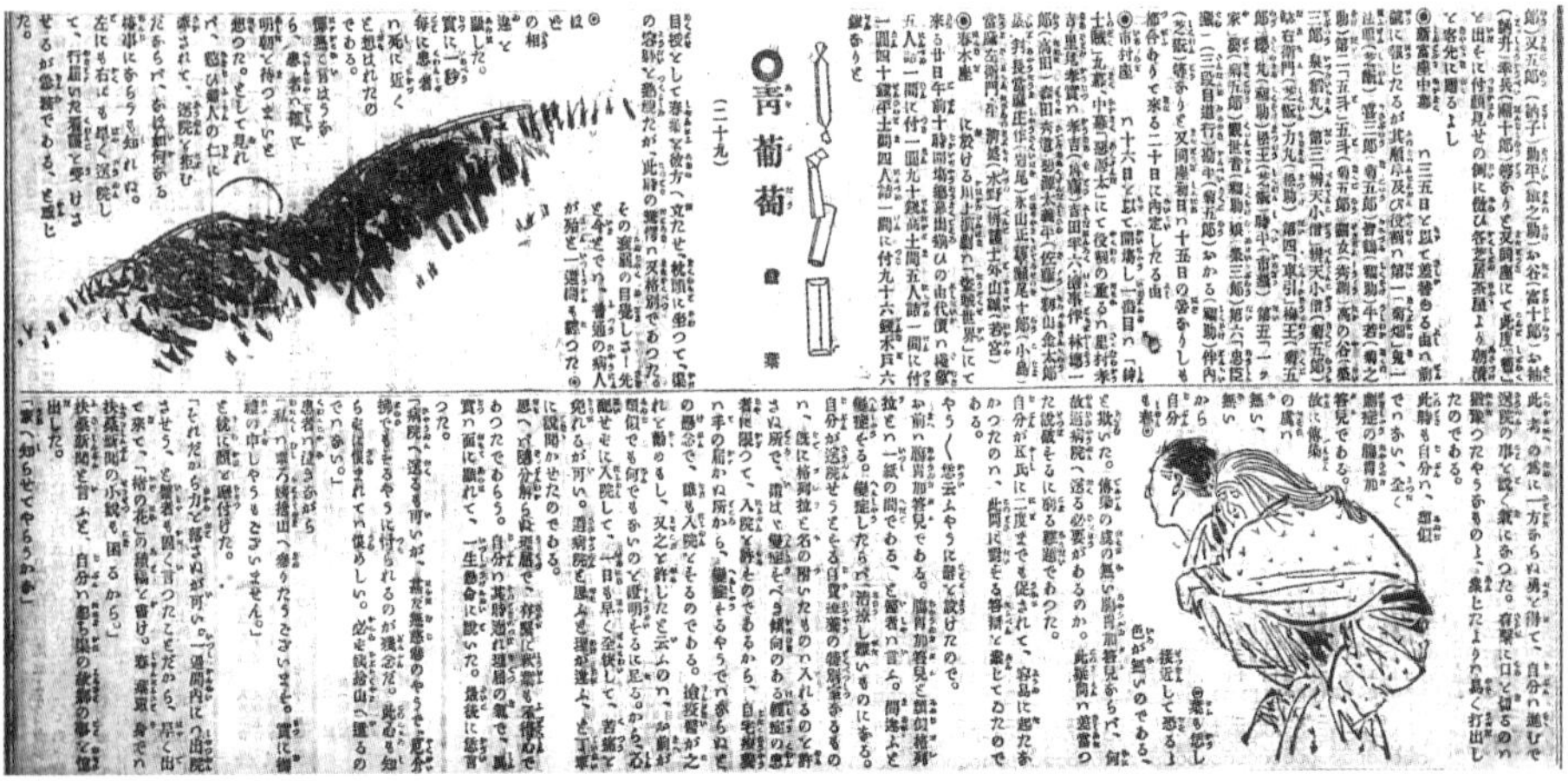


国立国会図書館蔵

## ⑤—9 中江玉桂 画

尾崎紅葉 著『青葡萄』単行本一二四頁挿絵
（春陽堂、明治二九年一〇月）

初出第二七回の挿絵と比較すると明白だが、俎板に置かれた鯉の顔にフォーカスする形でトリミングされた。これも、単行本の版面が新聞の紙面より狭いためと考えられる。

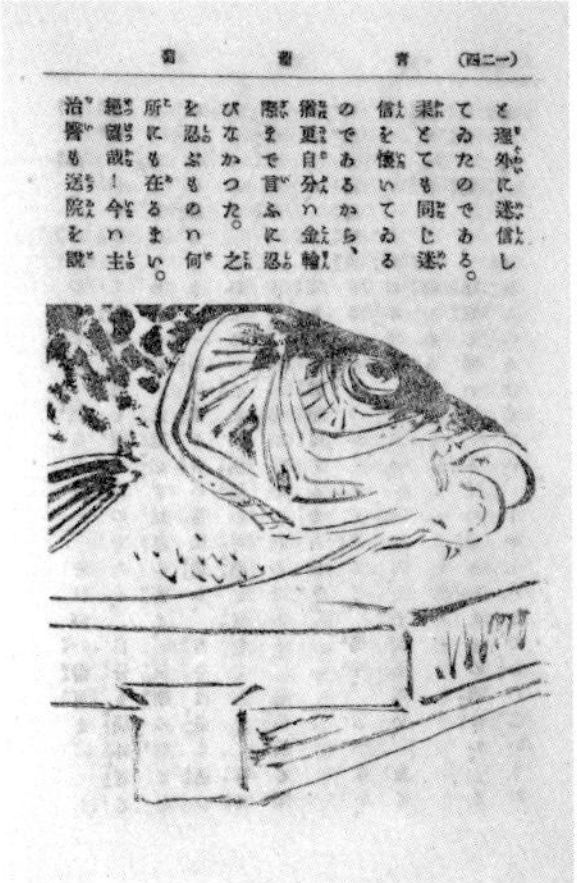

三二一回

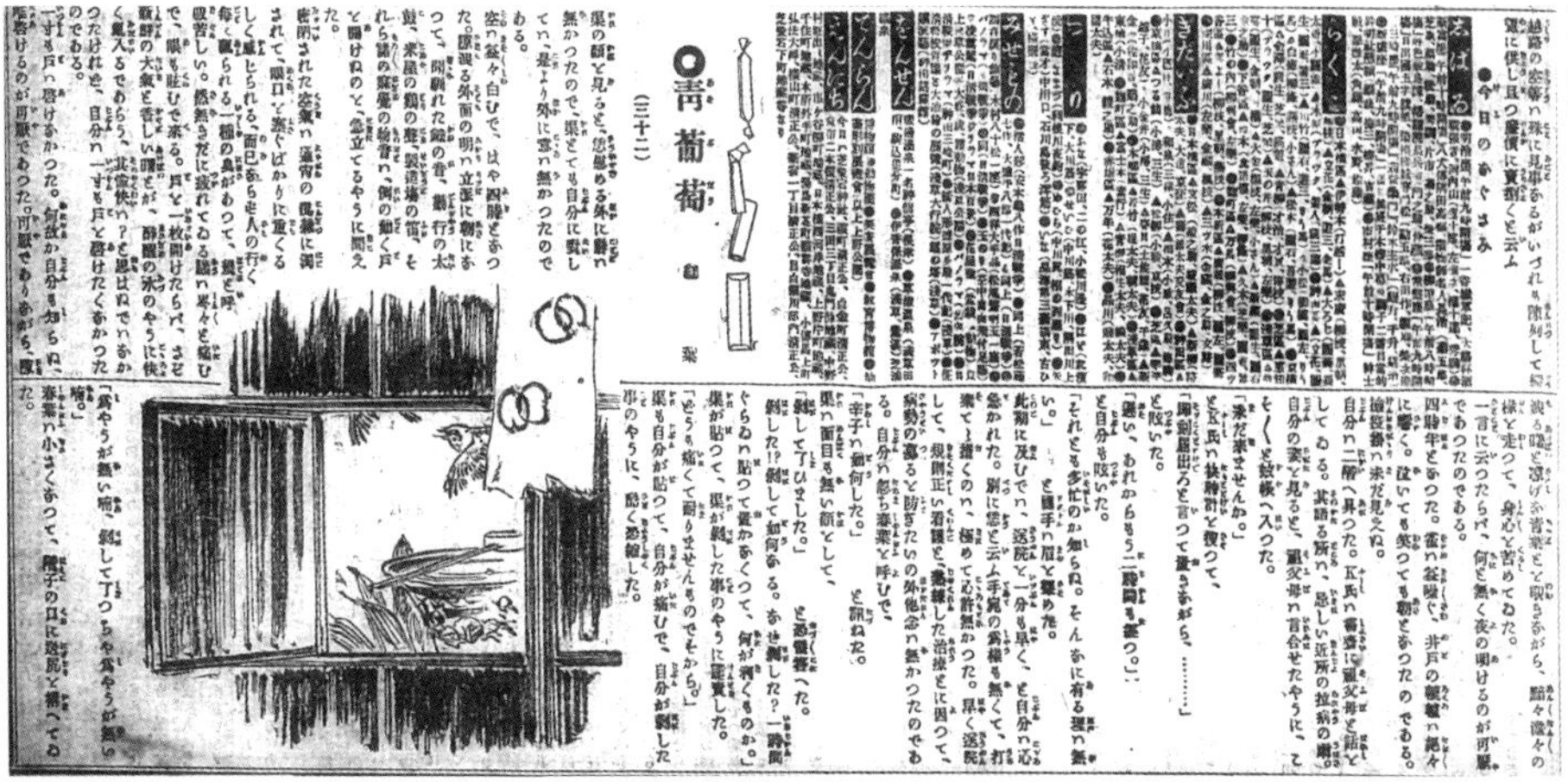


三五五回

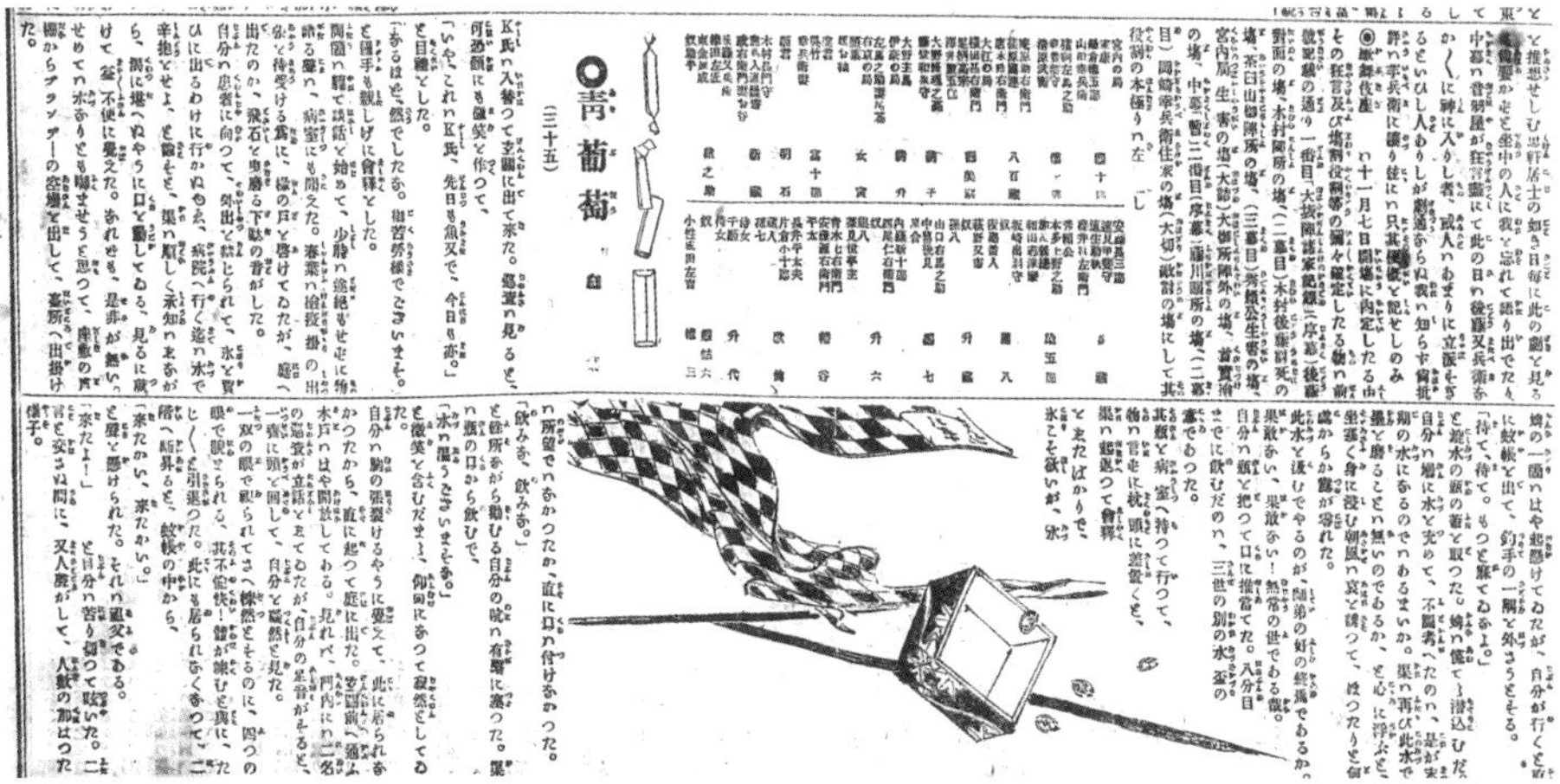


国立国会図書館蔵

## 尾崎紅葉 著「多情多恨」

**二—五挿絵**（「読売新聞」明治二九年三月五日）

紅葉中期の代表作「多情多恨」も、「読売新聞」に絵入りで連載された。妻を失った男の悲しみを描いた物語で、この挿絵に描かれる山茶花《さざんか》は、主人公・柳之助が亡妻・お類の墓から摘んできたもの。本文でも、「類の大好の長襦袢《ながじゅばん》には山茶花の摸様《もよう》が着いてをつたから、是は類の魂に違無い」として亡妻の象徴とされ、一方で積まれた洋書は教師である柳之助を思わせる。ヒロインを花で象徴するのは紅葉得意の手法で、一度も描かれないお類の容貌は読者の想像にゆだねられている。

**三—一二挿絵**（「読売新聞」明治二九年三月一二日）

柳之助は親友である葉山に招かれ、その家にあがったものの、ひそかに苦手にしている葉山の妻お種にもてなされるのが厭で、帽子を残したまま逃げ帰ってしまった。帽子と、本文には出てこない神将像が、羽を生やして飛んでゆく靴をにらみつける、どこか江戸戯作を思わせる戯画的な絵柄となっている。

**八—六挿絵**（「読売新聞」明治二九年五月一〇日）

ふさぎこむ柳之助の身を心配した葉山から、自邸に同居するよう誘われ、ついに引っ越しを決意した柳之助が、用意した寝酒も忘れて床についてしまう場面。酒器を傍らに、枕から荷物を満載した大八車の幻影が立ち上る、草双紙風の趣で表現されている。

**一〇—五挿絵**（「読売新聞」明治二九年五月二五日）

深夜に葉山宅を訪れた柳之助が、出迎えた寝間着のお種に「女らしく可憐《あわれ》であつた。其所為《そのせい》か又美しくも見えた」とはじめて心を動かす場面。沸立つ鉄瓶に、これほど手を密着させられるはずはなく、本文に該当する描写もないが、二人の関係が危うい領域に入りつつあることを象徴的に示す絵となっている。以後、「多情多恨」は後半に入り、葉山宅に転居した柳之助が、嫌いだったはずのお種に徐々に心惹かれてゆく展開となる。

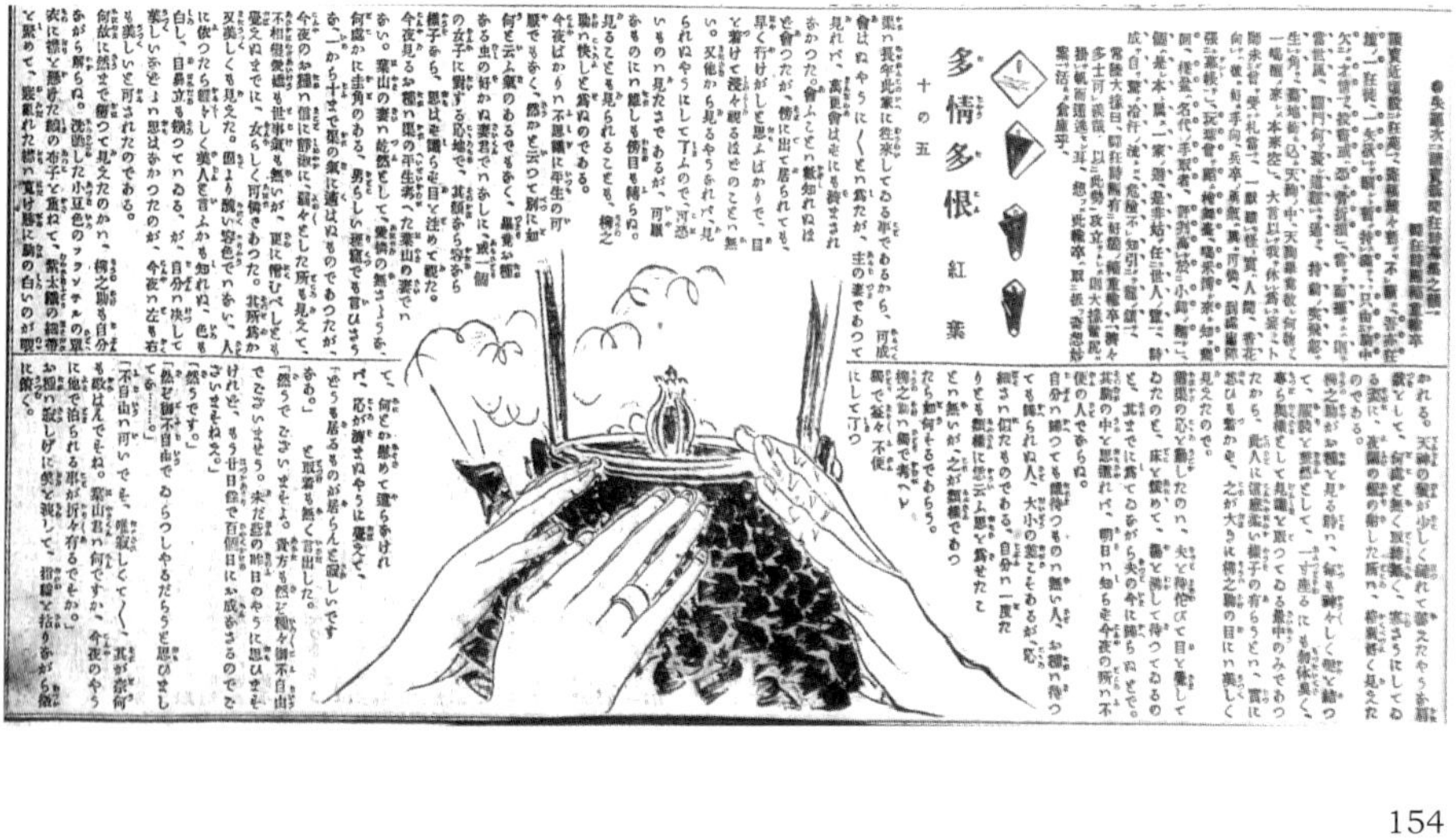
多情多恨
十の五
紅葉

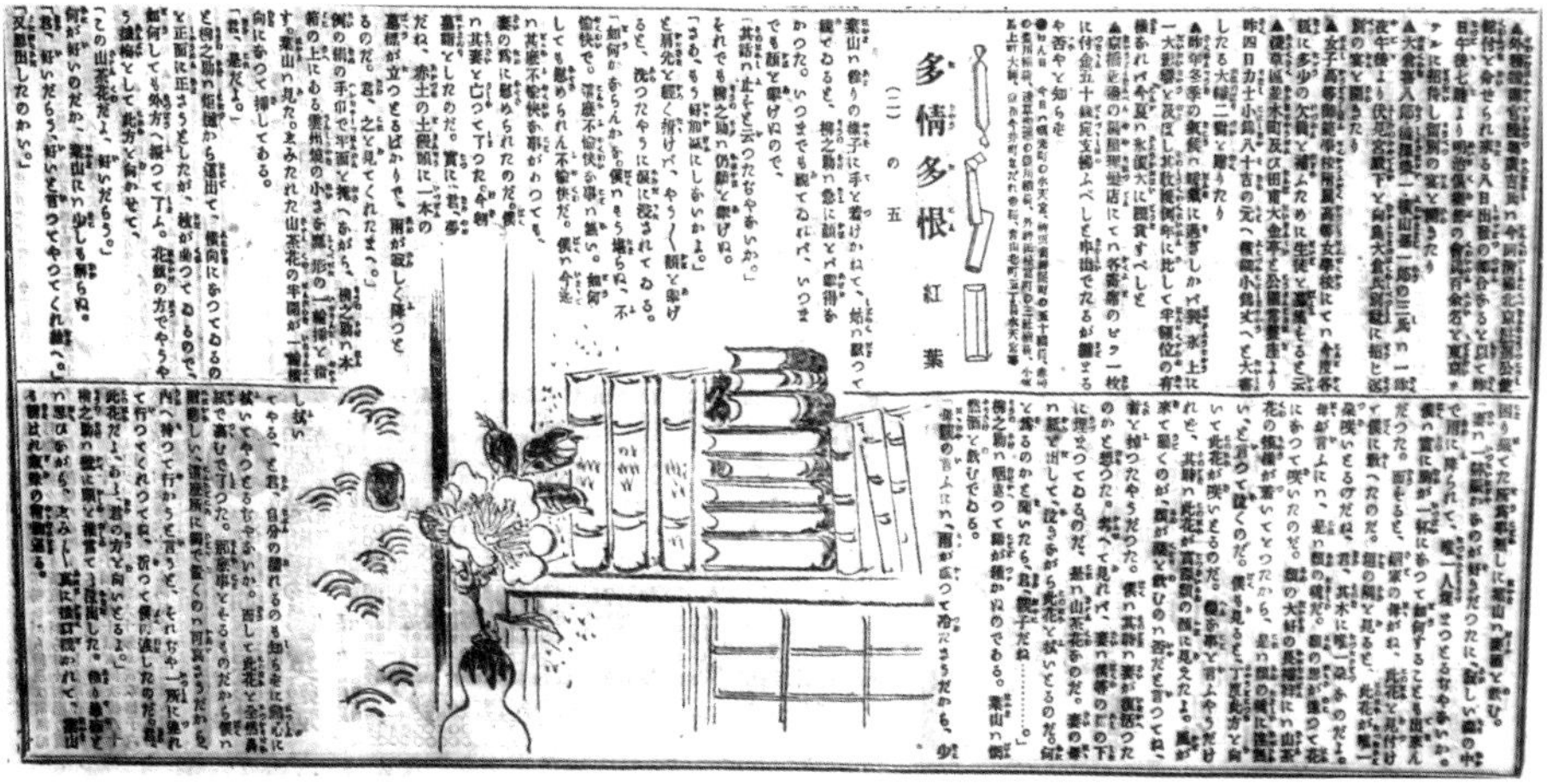

多情多恨 （二）の五 紅葉

多情多恨 （三）の十二 紅葉

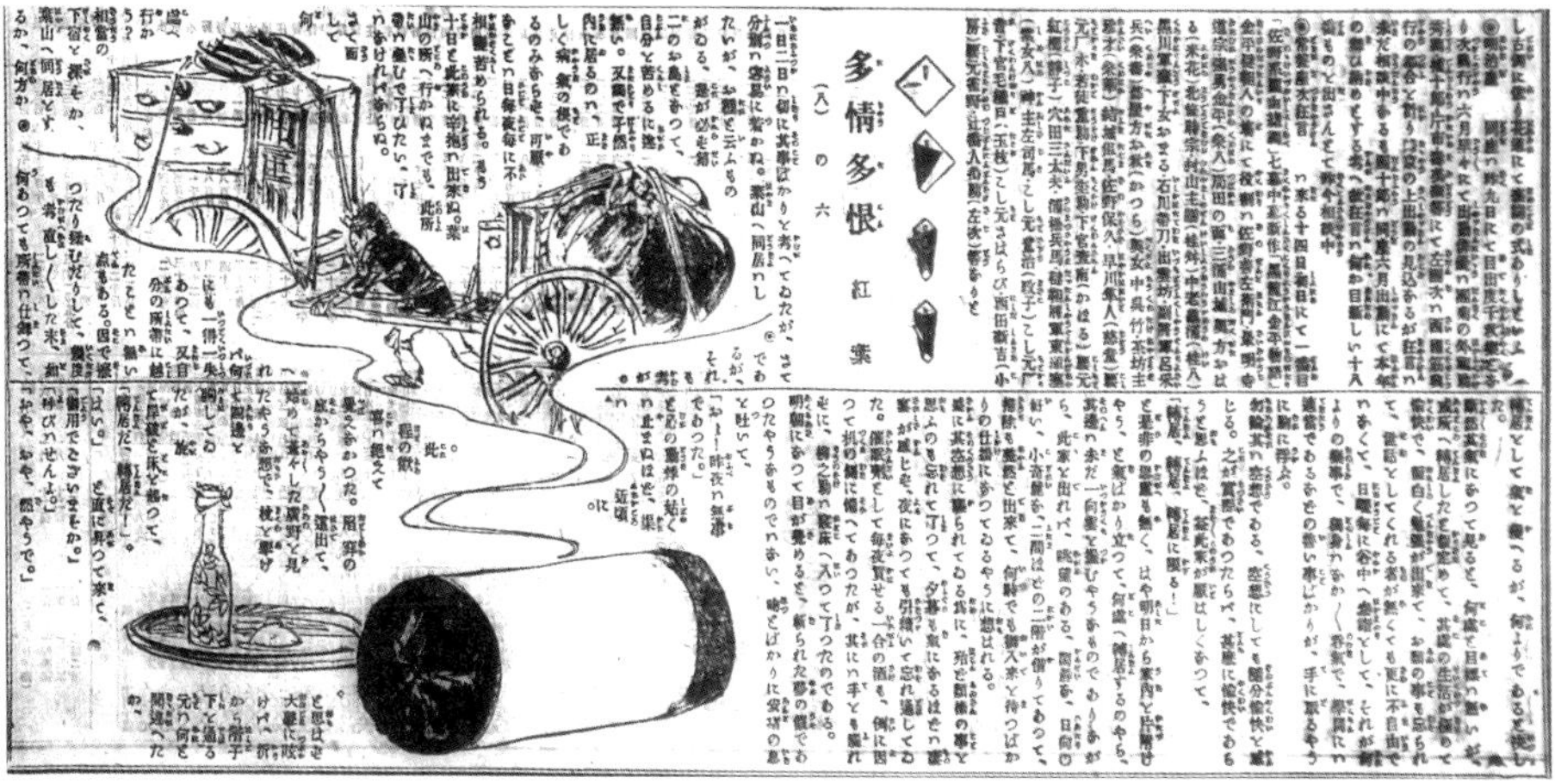

多情多恨 （八）の六 紅葉

国立国会図書館蔵

## ⑤—11 尾崎紅葉 著『多情多恨』単行本挿絵（春陽堂、明治三〇年七月）

i

### 渡辺省亭 画《長襦袢の摸様》

新聞連載時の二―五の挿絵とおなじく、山茶花を描いて柳之助の亡妻お類を象徴する挿絵になっている。室内で本の前に置かれた花瓶を描いた初出の挿絵に比較すると、こちらは雨のなかの林と仏塔に取りあわせており、「寂しい森の中で雨に降られて、唯一《たった》人埋《うず》まつとる」墓地から、この花を摘んできたというエピソードに取材していることがわかる。本文にはない仏塔を描くことで、彼岸への思いをより深く暗示していると言えるだろう。

ii

### 楊洲周延 画《今朝のお茶番》

朝飯をすまして新聞を読む葉山が、面白い記事がある、と妻に声をかけたつもりで、間違えて父親と顔をあわせる。続いて妻と顔をあわせ、お茶を頼む一連の場面に取材している。いかにも浮世絵風の人物画で、葉山の眉は歌舞伎役者のように凛々しい。様々な流派・画風の画人を豪華に起用して描かせた挿絵は、本書の一つの目玉になっていたと考えられる。

iii

### 渡部金秋 画《葉山の忠告》

周延の浮世絵風の挿絵があるかと思えば、この金秋の挿絵は完全に洋画の技法で描かれている。遠近法を用いた精緻なデッサンで、葉山宅に引っ越しをすることになった柳之助の、台車に載った荷物を三次元的に再現した。小川一真が原画を写真に撮って印刷しており、その意味でも異彩を放つ挿絵である。

iv

### 鈴木華邨 画《昨夜の噂》

葉山は柳之助を元気づけようと、亡妻・お類に似た芸者に会わせるものの、柳之助はまったく似ていないと言って怒って帰る。その翌日、仕事を終えて帰宅した柳之助が葉山の妻・お種に呼ばれ、昨夜のことを話している場面。単行本の挿絵は人物の面貌を描くことが多いが、本作は初出時の挿絵を思わせる、人物にフォーカスを置かない方法で描かれている。

v

### 三島蕉窓 画《襖の関守》

葉山宅に同居して以来、自分でも意識せずにお種に惹かれてゆく柳之助。ついには葉山が出張中の深夜、彼女の寝間を訪れるにおよび、葉山の父は二人の関係を危ぶんで、お種と同室で寝ることにした。柳之助の訪れに気づいた父の頭上にひろがる、かすれを含んだ黒雲が、立ちのぼる不安や疑惑を暗示している。

長襦袢の摸様　（渡邊省亭）

葉山之忠告　（渡部金秋）

今朝のお茶番　（橋本周延）

襖の關守　（三島蕉窓）

昨夜の噂　（鈴木華邨）

## ⑤—12　梶田半古画

### 尾崎紅葉著「続々金色夜叉」

**（七）の八挿絵**（「読売新聞」明治三三年一二月二五日）

許嫁のお宮が富山唯継との結婚を選んだため、高利貸になって見返そうとする間貫一。結婚後に後悔したお宮は、あらためて貫一に思いを伝えようとするが、復讐心にとらわれた彼は耳を貸さない。そんな彼に好意を抱いて追うのが、おなじ高利貸の赤樫満枝で、ついに貫一の家にあがりこみ、自分の思いに応えてくれないかと迫るのだった。このあくびをする猫は、連載で何回分にもわたる満枝との対話の長さを表現するとともに、絵に変化をつける効果も生んでいる。

**（七）の一〇挿絵**（「読売新聞」明治三三年一二月二八日）

挿絵が描くランプと三匹の虫は、前の猫とおなじく本文には記述されていない。おそらくこれは、お宮と満枝から逃げまわる貫一という、三者の関係を象徴的に示している。すなわち、空を飛んで逃げまわっているのが貫一、ランプに止まってその方向をじっと見ているのが満枝、そしてランプの向こう側に身を隠しながら、飛ぶ虫をうかがっているのがお宮である。三者の関係をビジュアルで示した、すぐれた挿絵と言えるだろう。

**（一〇）の二挿絵**（「読売新聞」明治三四年二月一一日）

景物によって人物を象徴させる、典型的な「留守もやう」の挿絵。満枝から逃れて那須塩原にやって来た貫一は、宿の床の間に飾られた百合の花を見た。この場面の直前、彼が夢の中で背負ったお宮の死骸は百合の花に変わっており、この花は明らかにお宮の象徴である。貫一の心の底に揺曳《ようえい》しつづけるお宮の存在が、大きく描かれた挿絵の百合で表現されるとともに、掛軸の「夫れ天地は万物の逆旅にして」という李白「春夜宴桃李園序」の一節が、流転する二人の境涯を暗示する。

**（九）の三挿絵**（「読売新聞」明治三四年二月五日）

夢でお宮が水死した場所と、まったくおなじ箒川《ほうきがわ》の風景に愕然とし、流れをのぞき込む貫一の姿を描いている。流れに入って死骸を抱きあげ、俺も死ぬ、と叫んだことを思い出して慄然とするシリアスな場面だが、紅葉のもとを訪れた佐佐木信綱によれば、その女弟子が貫一の「岸頭に尻端折の様を見て、興さめ」たとのこと（紅葉日記、明治三四年三月二五日）。読者を誘引し、挿絵と本文で一つの世界を形作るのはかくも難しい。

續々金色夜叉

（九の三）

紅葉山人

爲したるが贈りもの、附與などは不景氣の結果例年に比すべくもあらざる各教會堂の催しは相變らぬ景況なりしと

●宇治の朝顔畫報　山城國宇治町字宇治朝顏園にては寫生彩色木版摺密畫挿入の朝顏畫報と稱する美雑誌を本紙愛讀諸氏に限り郵送料二錢にて進呈するよし

## 續々金色夜叉《ぞくぞくこんじきやしや》

（七）の八

紅葉山人

貫一は幾と答ふる所を知らざ。滿枝も然こそは呆れつらんと思へど、

「それは實際で御座いますもの。若し話が一つ間違つて、面倒な事でも生じましたら、私が困ります

よ。餘程赤樫の方が困るのは知れて居るのですから、私を遠けやう爲にお話を被成るのなら、徒爾な事で御座います。赤樫は私を恐れて居りませうとも、私共とも那の人を恐れては居りませんです。けれども、折角然う思召すものなら、物は試しで御座いますから、閒さん、貴方、赤樫にお話し遊ばして御覽なさいましな。私も貴方の事を吹聽致しますよ。那云ふ主有る婦人と關係遊ばして、始終人目を忍んで逢引して被居る事を觸散しますから、それで何方が餘計迷惑するか、比較事を致しませう。如何で御座いますよ。」

「男勝りの機敏な貴方にも似合はん、有繋は女だ。」

「何で御座います?」

「お聞きなさい、男と女が話をして居れば、其が直ちに逢引ですか。又妙齡の女でさへあれば、必ず主有るに極つて居るのですか。淺膚な邪推をされ云ひながら、人を誣ふるも太甚しい!失敬千萬な、氣を着けて口をお利きなさい。」

「閒さん、貴方、些と此方をお向きなさい。」

手を取りて引付けて、御親切さ、

「えゝ、もう貴方は。」

「お可煩いでせう。」

「勿論。」

「私何樣もつと、もつと、もつと可煩くして上げるのです。さあ、貴方、今何と有仰つたので御座いますよ、淺膚な邪推でそつて?貴方こそ最少し氣を着けてお口をお利き遊ばせな。貴方も男子で被居るなら、何爲立派に、其の通だ、情婦が有るのが奈何したと、然う打付けて有仰らんのです。閒さん、私貴方に向つて那樣事を發言する權利は無い女なので御座いますよ。縱令然云ふ權利を有ちたくても、有つ事が出來ずに居るので御座いますもの。それに、何も私の前を憚つて、然う何に成つてお隱し遊ばすには當らんでは御座いませんか。私、實と申しませうか、皆樣なので御座います。貴方が餘所外に未だ何百人愛して被居る方が有りませうとも、それで愛相を盡して、貴方の事を思切るやうな、私那樣浮氣な了簡ではないのですよ。又貴方の御迷惑に成る事を爲しました所で、憚はない職が憎い譯ではないので御座いませう。奈何思召して被居るか存じませんけれど、私其程卑怯な女ではない積で御座います。世間へ吹聽して貴方を困らせるなどゝ申したのは、那れ些の氷塊の憎まれ口で、私決して那樣心は微塵も無いので御座いますから、何うか其のお積で、お心持を惡く遊ばしませんやうに。つい口が辷りましたのですから、御勘辨遊ばしまして。私先の通お詫を致します。」

滿枝は慣せぬ身を下して、彼の前に手を突くを可憐しさよ。貫一は如何にとも答へ難くして、纔に首を掉いたり。

## 續々金色夜叉《ぞくぞくこんじきやしや》

（七）の十

紅葉山人

切なりと雖はゞ實に極めて切なる、可憐しと雖はゞ又極めて可憐しき彼の心の程は、貫一も能く知れゝど、他の己を愛するの故を以て直ちに蛇蝎に親まんや、と却りて其の執念をぞ鬱堪く淺間しと思へり。

餘れど又情として厲しく言ふを得ざる此場の仕儀なり。貫一は打惱める眉を強て披かせつゝ、

「而して貴方が滿足なさるやうな一言?……何云ふ事を言つたら可いのですか。」

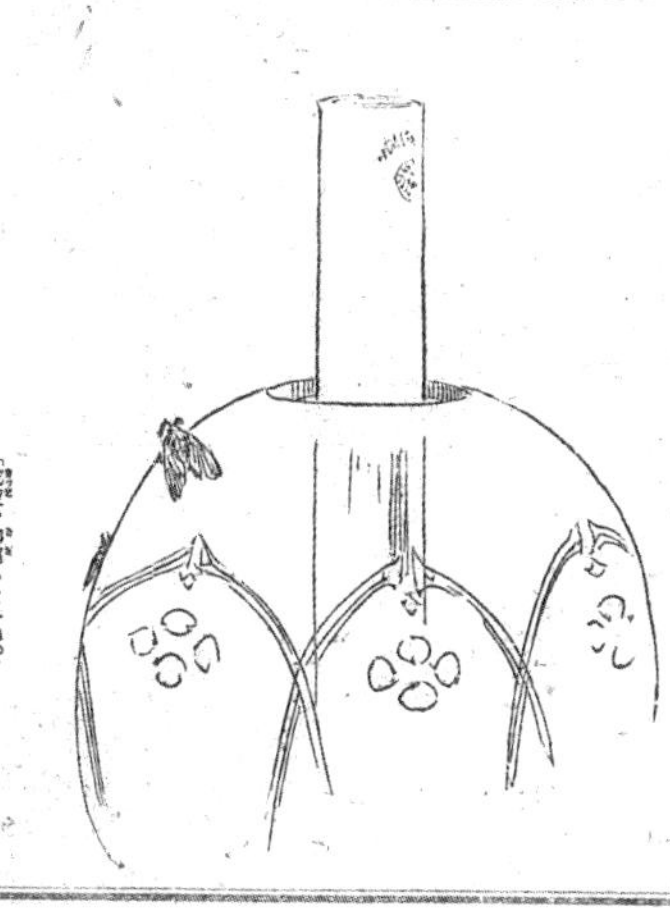

「貴方もまあ何を有仰つて居るのです。御自分の有仰る事を他にお聞き遊ばしたつて、誰が存じて居りますものですか。」

「其れは然うでせうけれど、私にも解らんから。」

「解るも解らんも無いでは御座いませんか。それが貴方は何か巧い口上を有仰らうと被成るから、猶に解らなくて、貴方に對する私、其の私が滿足致すやうな一言と申したら、閒さん、外に有りは致しませんわ。」

「いや、其なら解つて居ますよ……………」

「解つて被居るなら有仰つて下さいましな。」

「其れは解つて居ますけれど、貴方の言はれるのは儘でせう、段々お話の有つたやうな譯であるから、

左に右其の心情は察しても可から、其を察して居るのが善く解るやうな挨拶を爲てくれ、と云ふのぢやありませんか。實際其は餘程難しい、別に奈何も外に言ひ樣も無いですわ。」

「まあ何でも宜う御座いますから、私の滿足致しますやうな御挨拶を被成つて下さいまし。」

「だから、何と言つたら貴方が滿足なさるのですか。」

「私の此心を汲んでさへ下されば、それで滿足致すので御座います。」

「貴方の思召は實に難有いと思つて居ますよ。私は永く記臆して是は忘れません。」

「閒さん、乾度で御座いますか、貴方。」

「勿論ですとも。」

「乾度で御座いますね。」

「相違ありません!」

「乾度?」

「えゝ!」

「其の證據をお見せ下さいまし。」

「證據を?」

「はあ。口頭ばかりでは私可厭で御座いますよ。萬更心に無い事もお言ひ遊ばしたのでは御座いませうから、然やうなら其だけの證據が有る譯です。其の證據を見せて下さいますか。」

「見せられる者なら見せますけれど、」

「見せて下さいますか。」

「見せられる者なら。然し……………。」

「いゝえ、貴方が見せて下さる思召ならば、……………」

無礙、障子を推開きて、貫一は廊下へ縁に趨り下りぬ。街を其處に限れたる濱枝の頭へ、斜に素懸の月の冷き影を帶びながら、仍火の如く燃えに燃えたり。

從來と趣と異にして、少しは批評はえのあるやうな心地がした、世もはや廿世紀となつたのだから、我國民も少し此ういふ所へ眼を着けて貰ひたい。（つゞく）

## 續々金色夜叉《ぞくぞくこんじきやしや》

（十）の二

紅葉山人

樓前の緑は漸く暗く、溪近の水音冴えて、はや夕暮るゝ山風の身に沁めば、先づ浴などと爲ばやと、何氣無く座敷に入りたる彼の眼を又一個驚かせる物あり。

鞄を置いたる床間に、山百合の花のいと大きなるを唯一輪挿活けたるが、葉形に曲り傾きて恰も此方に向へるなり。

貫一は覺えず足を駐めて、其の瞻れる眼を花に注ぎぬ。

宮は以や此に居たりとやうに、彼は李屑の邊に御

れたるなり。

飫に鯨嵐の實景の夢と符合をさへ有るに、奇其の孫に夢の夢ある一本百合の此に在る事、畢竟偶合に過ぎざれば、然りとては餘に故夢と此旅との照應急に「因縁深きに似て、那ぞ怪み我を驚かすその太甚しき!

奇を弄して益出づる不思議に、彼は疑を擢を作して、盛は這裏に天意の潮り惱き者有るならん乎、と有繋に迷ひ沓のり。

既て傍近く寄りて、幾許似たるぞ睇むれて、打披ける花は瓊として玉と剖いたる如く、濃香芬々と送り、葉色に露氣有りて緑鮮に、宛て今朝や剪りけんと覺しき花の勢なり。

少く樂まれし貫一も之が爲に纏竊めて、假に豐き顋を花の前に支へつゝ、又夫の夢を懷に喚起さんと爲つ。

「お風呂へ御案内申しませう。」

其際に彼は婢を見返りて、

「あゝ、姐さん、此花を其方へ持つて行つてくれでないか。」

「はあ、其花で御座いますか。且那樣は百合の花は御嫌で?」

「いや、匂が強くて、頭痛がして成らんから。」

「然やうで御座いますか。唯今直に片附けますです。是は唯一つ早咲で珍しう御座いましたものですから、先程折つて參つて、徒に挿して置いたので御座います。」

「うゝ、成程、早咲だね。」

「然やうで御座います。來月あたりに成りませんと、餘り咲きませんので。是が唯一つ有りましたので、紛れ咲で御座いますね。」

「うゝ、紛れ咲、然うだね。」

「御案内致しませう。」

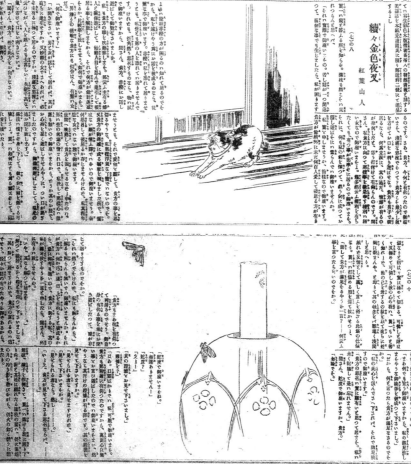

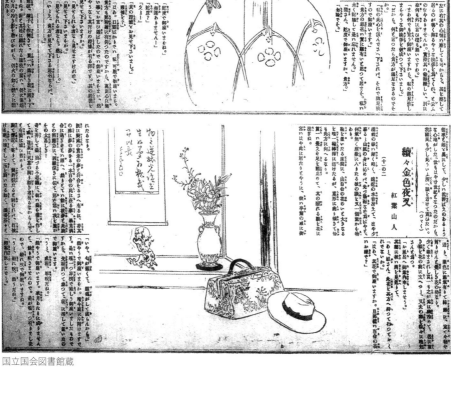

## ⑤—13 梶田半古 画

### 尾崎紅葉 著「続々金色夜叉」続篇

### （二）の三、（二）の四挿絵

（「読売新聞」明治三五年四月二〇日、四月二一日）

本文の進行とは進度が離れようとも、連続する挿絵が空間性を意識して構成された例が、この二枚だろう。（二）の三では、貫一が那須塩原にて助けたお静が、自宅の座敷で庭を見ながら酒を飲む彼を団扇《うちわ》であおぐところが描かれている。続く（二）の四の挿絵では、前回は襖《ふすま》で隠されていた貫一の姿が中心となり、逆にお静は半身を示すだけになっている。二日にわたる新聞の挿絵が、おなじ場所の左右をつなぐように連続しているのである。いかにも紅葉からの指示らしい工夫である。

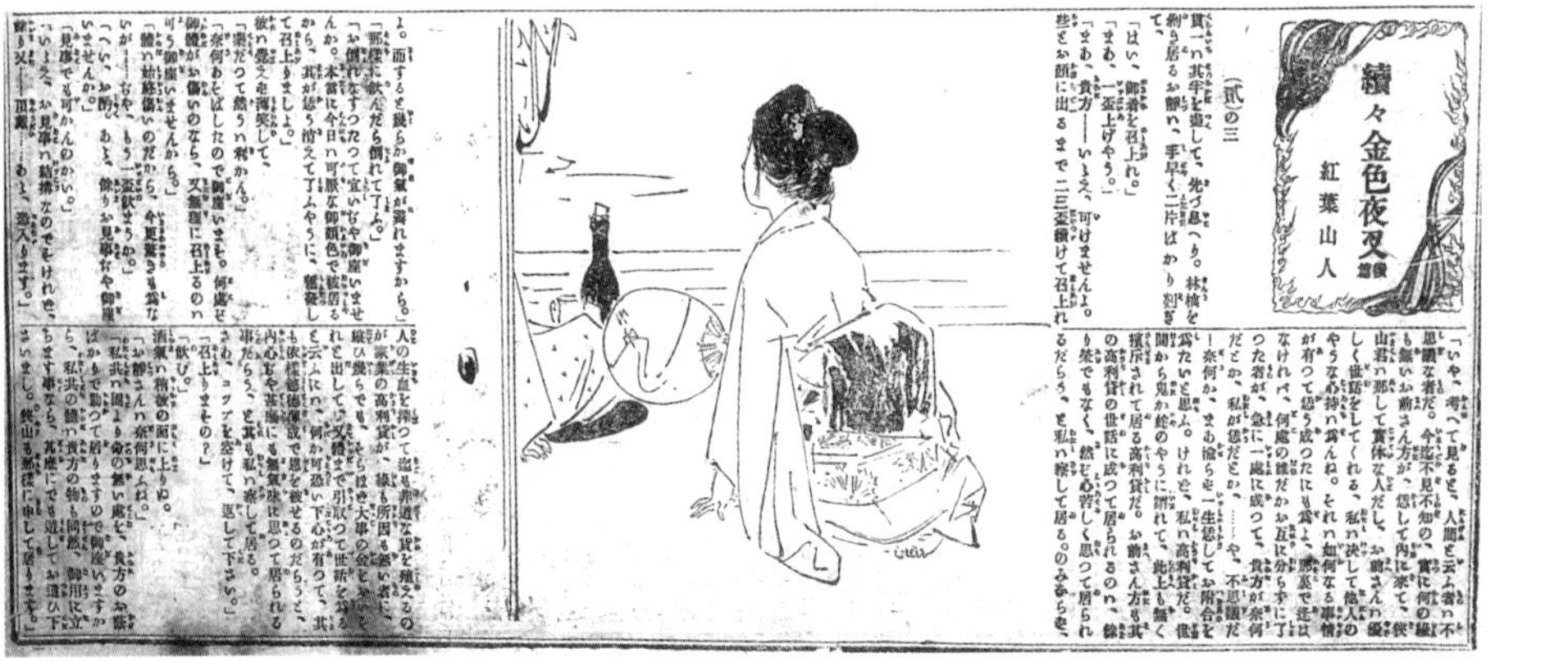

（三）の一、（三）の二挿絵

（「読売新聞」明治三五年五月五日、五月一一日）

貫一は、塩原で心中しようとしていた男女を助けたことをきっかけに少しずつ考え方を変え、ようやくお宮からの手紙を読む気になった。小説の本文は、彼女の切々とした思いを綴る手紙の文面になっているのに対し、挿絵ではその手紙を書くお宮の姿、そして手紙を書き終わり、椅子に腰かけて茫然と物思いにふけるお宮の姿を描いている。本文では描出されない情景を挿絵が示すことにより、手紙を受け取っただけの貫一が見ることのできない、お宮の現在の姿が、読者には明かされることになる。

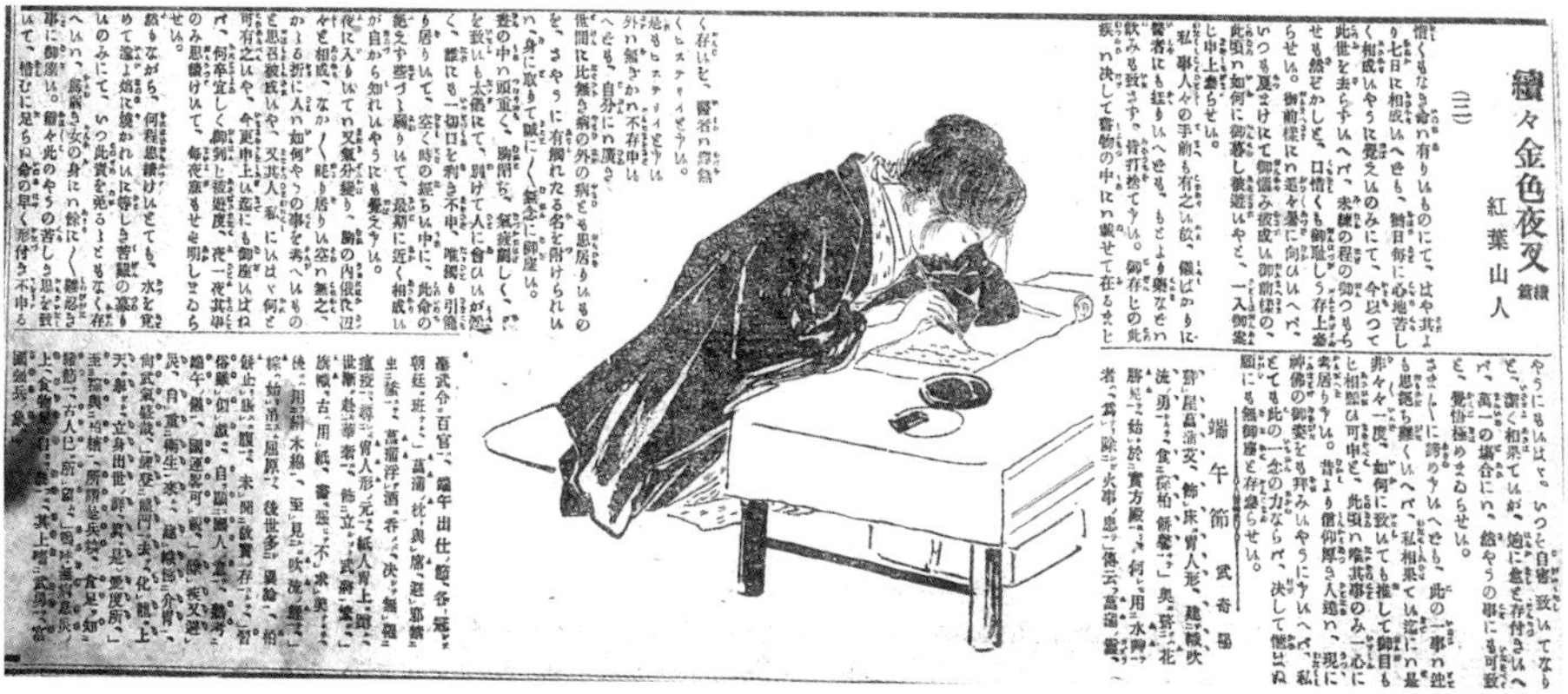

国立国会図書館蔵

## ⑤—14 鏑木清方 画

尾崎紅葉 著『金色夜叉 続編』［石版］口絵
（春陽堂、明治三五年四月）

清方が友人の絵師たちと結成した美術団体、烏合会《うごうかい》の展覧会用に構想された作品。「金色夜叉」を題材にすることがいち早く紅葉の耳に入り、「夢のなかの宮の水死のところを画いて見ないか、『金色夜叉』続篇の口絵がまだ極まらずにゐるので、使へたら使はうぢやないか」と勧められたのだった（『こしかたの記』）。清方はシェイクスピア「ハムレット」におけるオフィーリアの水死の場面、おそらくは有名なミレーの作を意識して制作にあたり、紅葉からお宮の容貌のイメージも聞きながら完成させた。展示された第三回烏合会展には、紅葉も見に来たという。

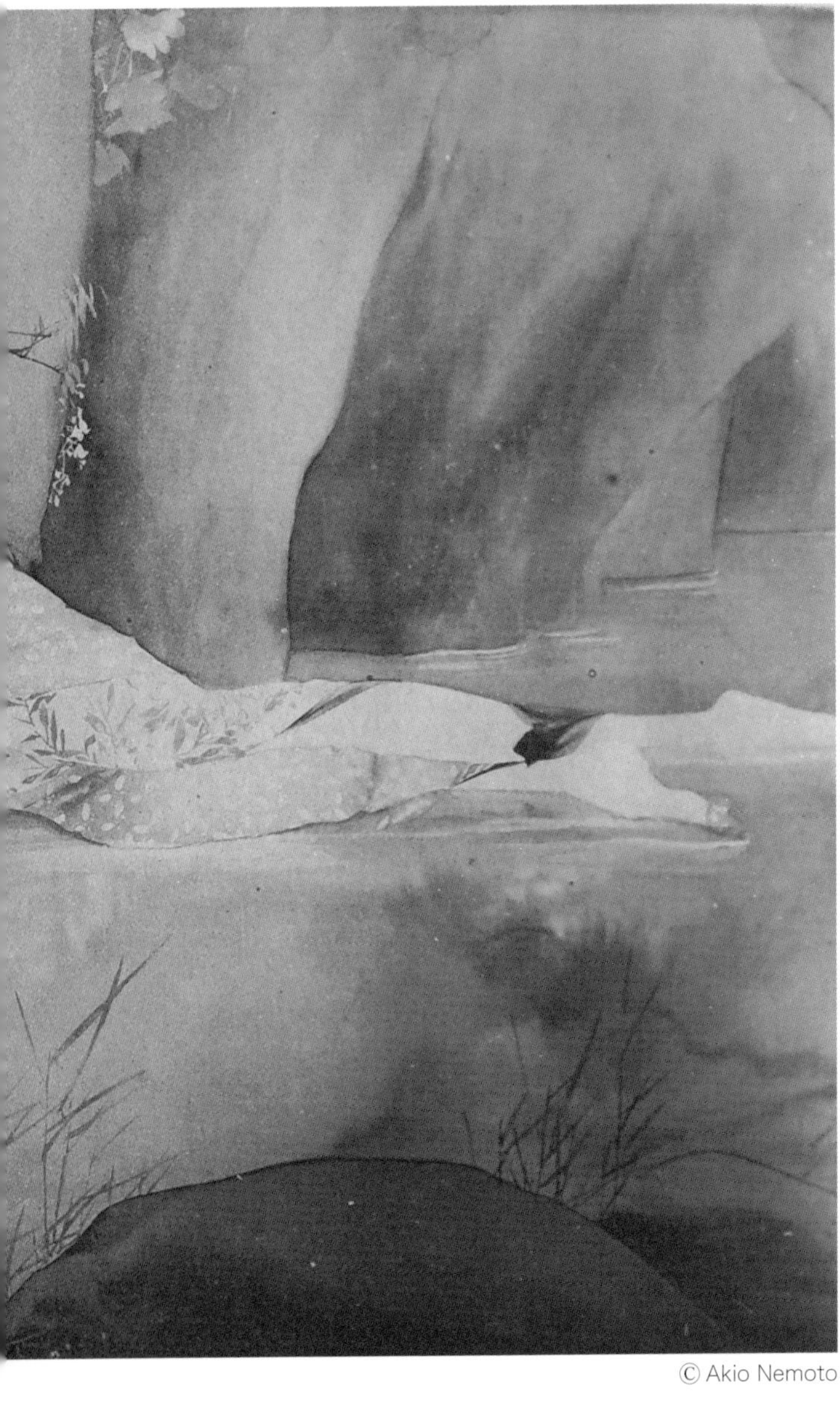

## ⑤—15 梶田半古 画

小杉天外 著「魔風恋風」一、二(四)、二(五)、四(二) 挿絵
(「読売新聞」明治三六年二月二五日、三月一日、三月二日、三月九日)

若き男女の悲恋を描き、大人気となった作品。第一回の挿絵は、女学生の萩原初野が海老《えび》茶袴《ちゃばかま》と自転車という当時流行の風俗をまとい、颯爽《さっそう》と登場する場面を、髪や袴の裾が風になびく様子とともに鮮烈に描く。前田曙山「銅臭」口絵【④—14】を描いた鏑木清方は、半古を尊敬して師礼を執り、本作も一部代筆するほどだったので、清方を通じてこのモチーフが伝えられたものか、それとも小説の作者である天外が指示して描かせたのだろうか。

一方で四(二)の挿絵は、初野の入院中に下宿の女将らが彼女の部屋の押入れを調べる場面であり、人物を背後から描く視点を取ることで、読者も押し入れの内部を覗き見る、共犯者的な視点に置かれることになる。二(四)と二(五)は、自転車事故で入院した初野と、彼女の心配をする親友の芳江との長い会話の場面だが、病床の傍らで身を乗り出す芳江と、布団に横になる初野をひとつづきの空間として示しており、紅葉が「金色夜叉」初出の挿絵【⑤—12】で試みた発想が受け継がれていることがわかる。

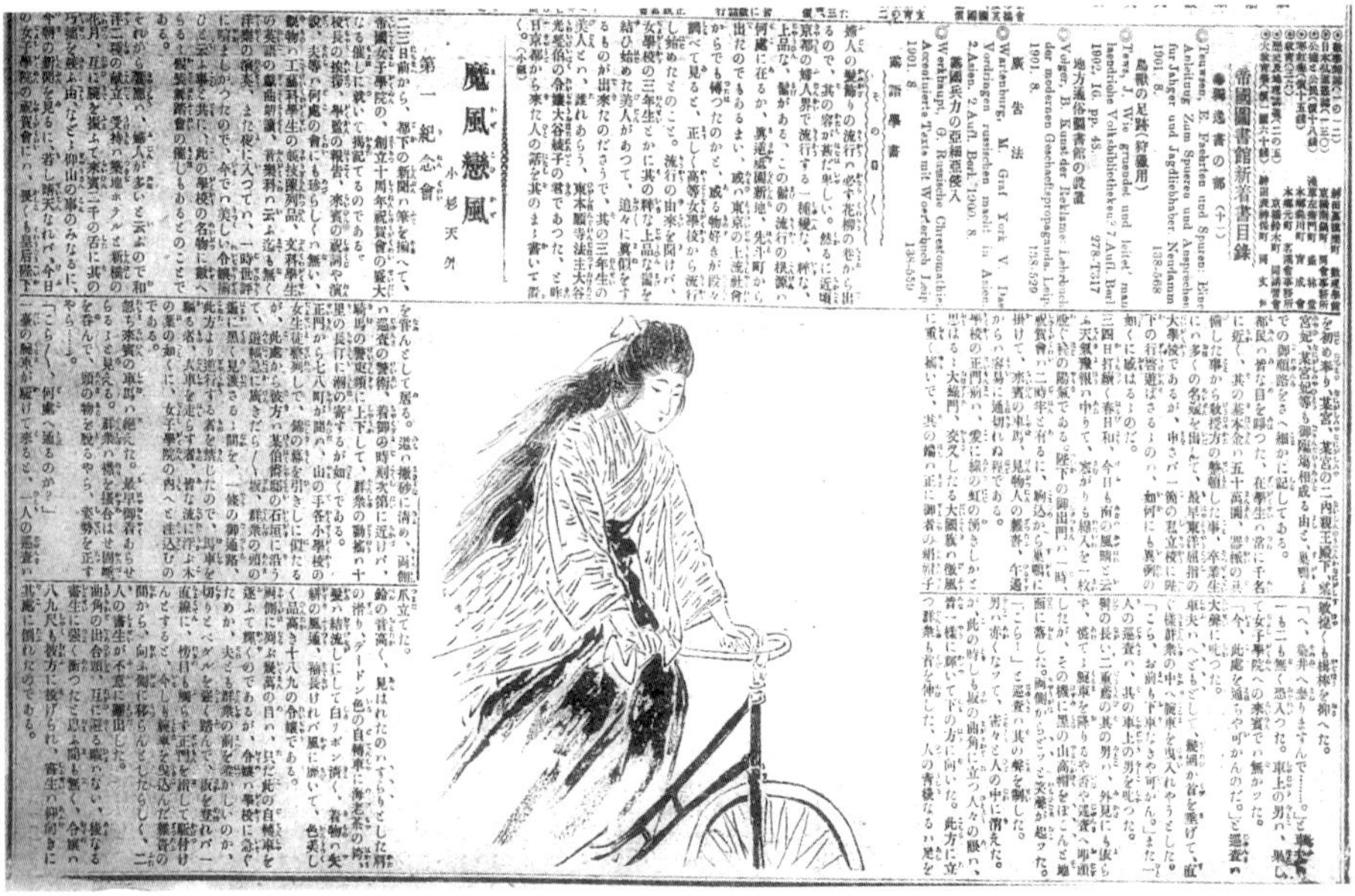

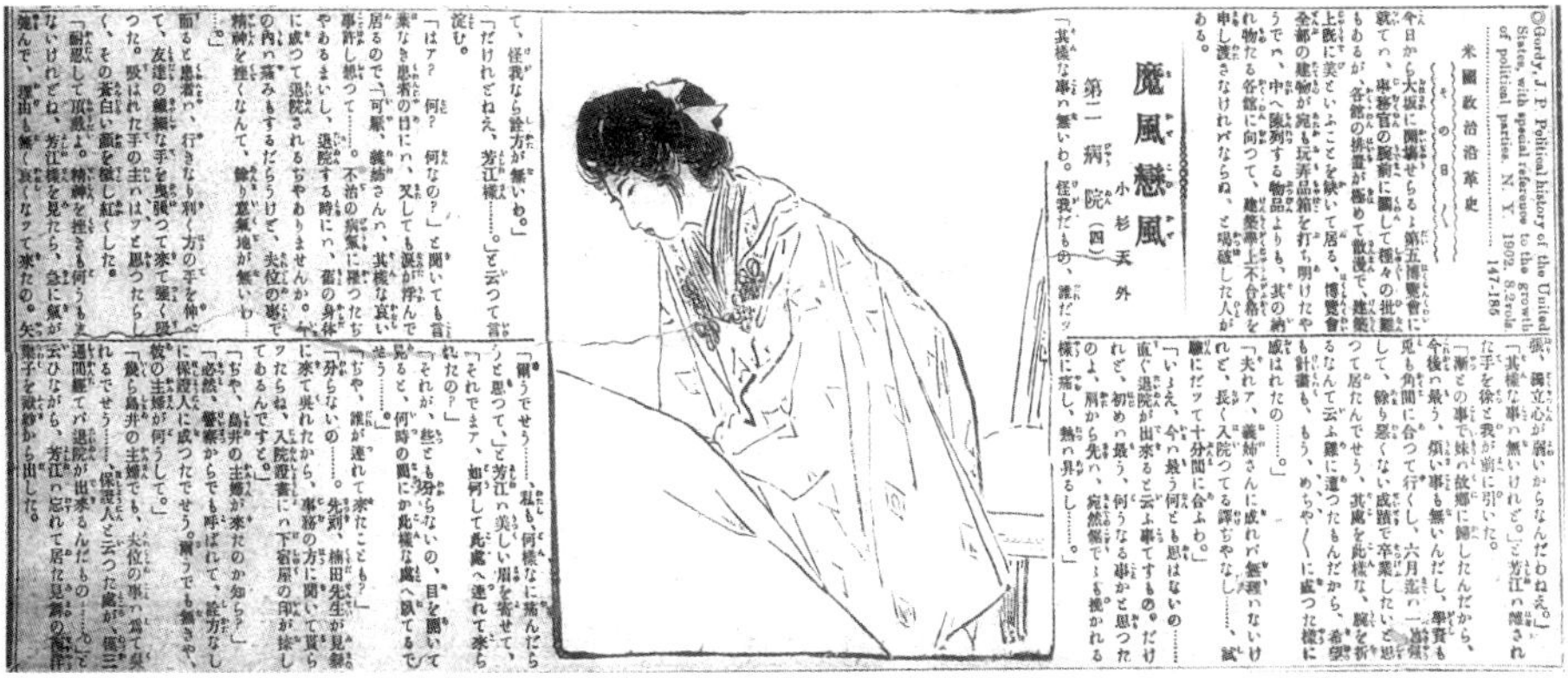

魔風戀風　小杉天外

第二　病院（四）

米國政治沿革史

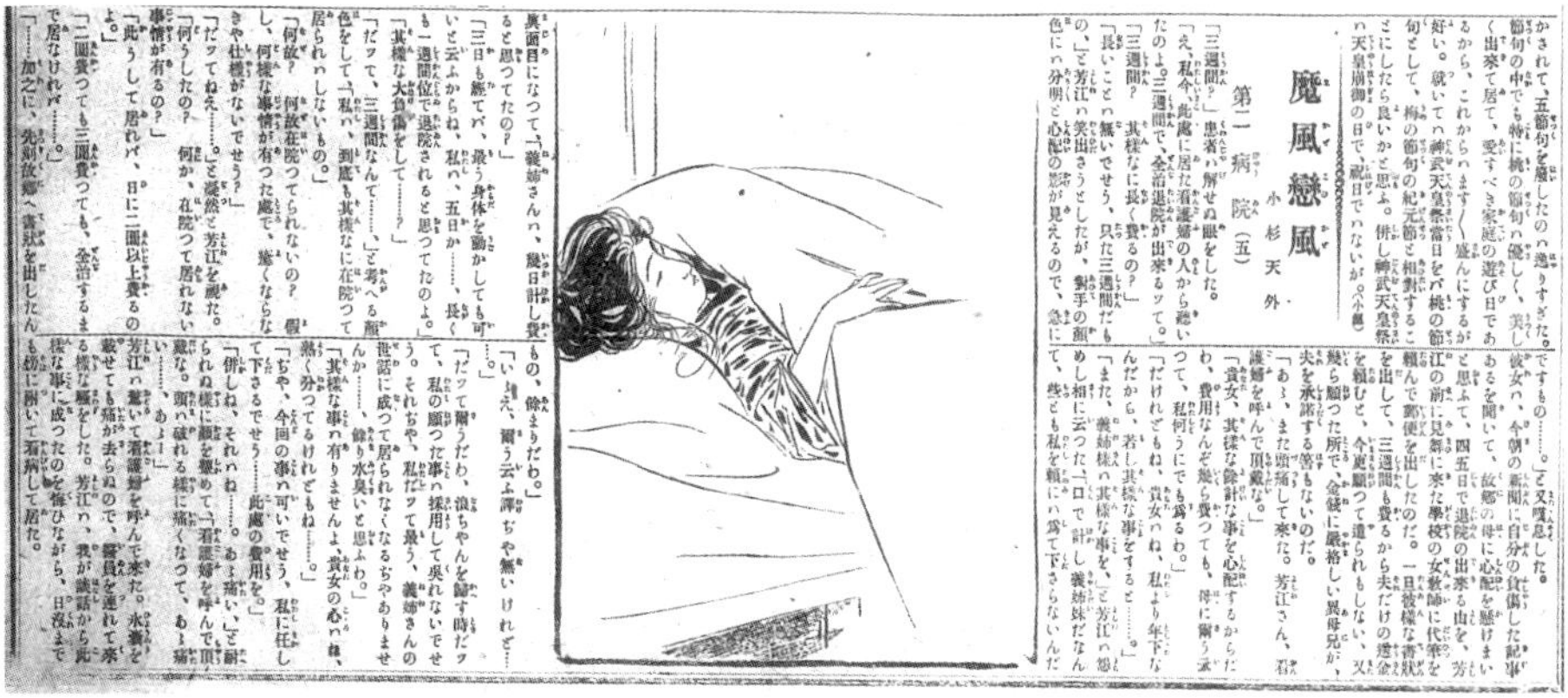

魔風戀風　小杉天外

第二　病院（五）

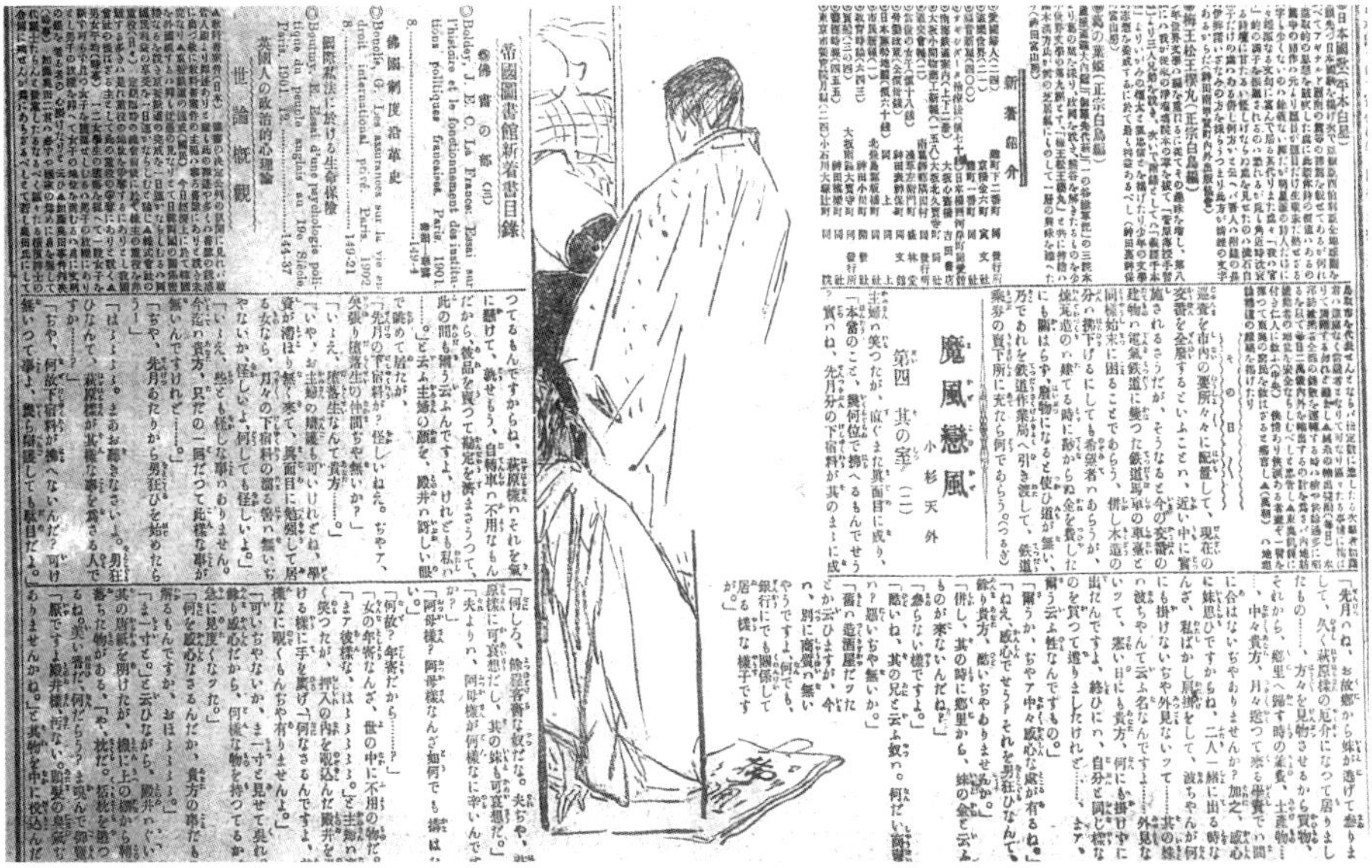

帝國圖書館新着書目録

新著紹介

魔風戀風　小杉天外

第四　其の室（二）

世論概觀

国立国会図書館蔵

## ⑤—16 中里介山 自筆 石井鶴三宛て書翰

（大正一四年一二月二八日付）

大長篇として有名な「大菩薩峠」は、その長期の連載中に掲載媒体も変わり、従って挿絵の有無や描いた画人も様々であった。鶴三が担当したのは、「無明の巻」（大正一四年一月六日～五月一二日、「大阪毎日新聞」「東京日日新聞」夕刊）以降の断続的な計六巻であり、本資料は「流転の巻」（一）の挿絵のために送られた指示画とメモである。石の風車と黒の格子がはっきり見て取れ、「東国の平原」「黒木柱／格子の手スル」「峠ノ宿ノ人家」などの注記がなされている。

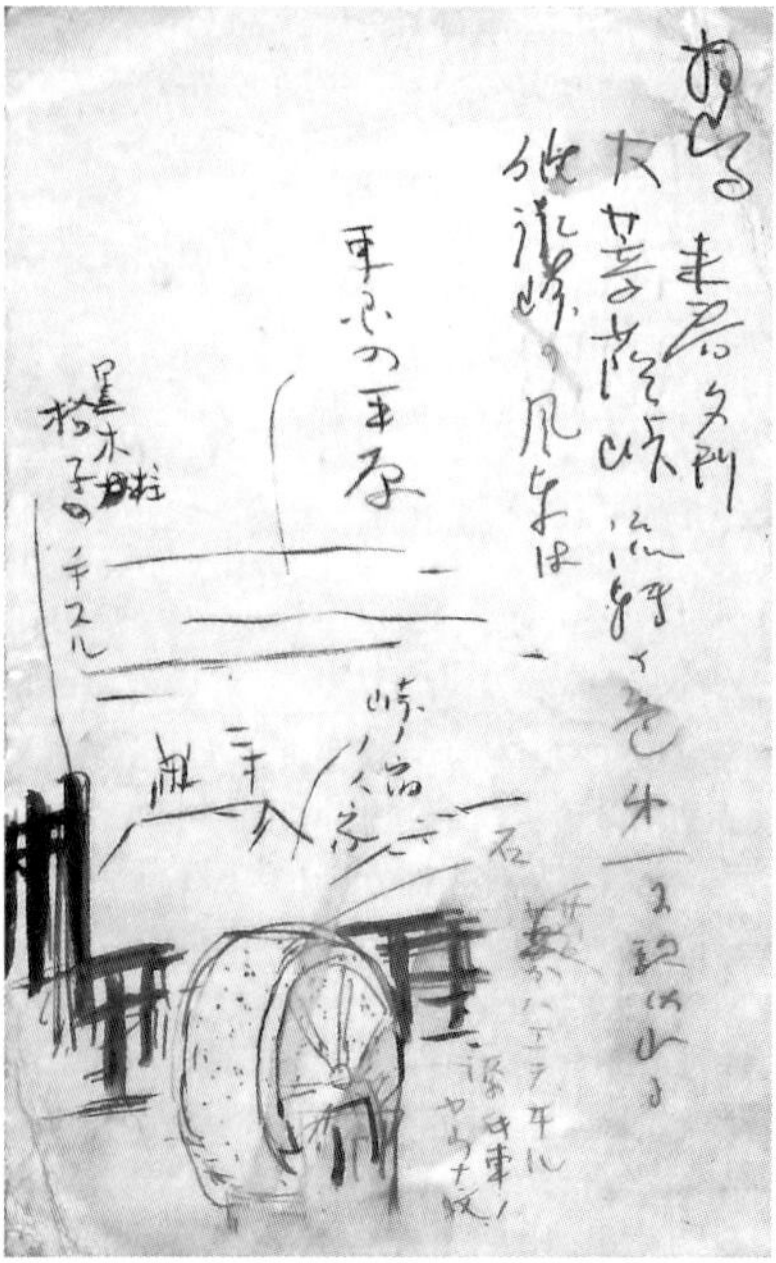


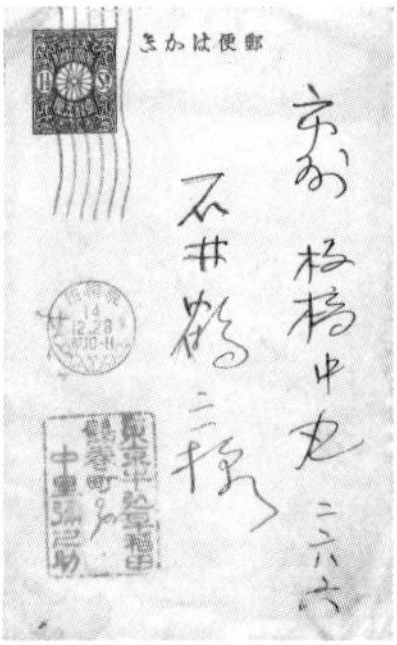


信州大学附属図書館蔵

## ⑤—17 石井鶴三 画

### 中里介山 著「大菩薩峠」流転の巻（一）挿絵

大正一五年一月五日夕刊（「大阪毎日新聞」）

【⑤—16】の指示をもとに石井鶴三が描いた挿絵。石の風車にもたれて遠方を眺める米友《よねとも》を中心としつつ、黒い柱格子の手すりなど、人物以外はおおむね介山の指示どおりになっている。

ところが、両者は次第に疎遠になり、ついには鶴三が出版しようとした同作の挿絵集に対し、介山が著作権侵害だとして告訴するにいたった。挿絵の著作権が小説の原作者にもあるとは、一見荒唐無稽な主張のようだが、作家が画人に指示する慣習と、それを裏付けるこうした資料を見ると、理解できる部分もありそうである。

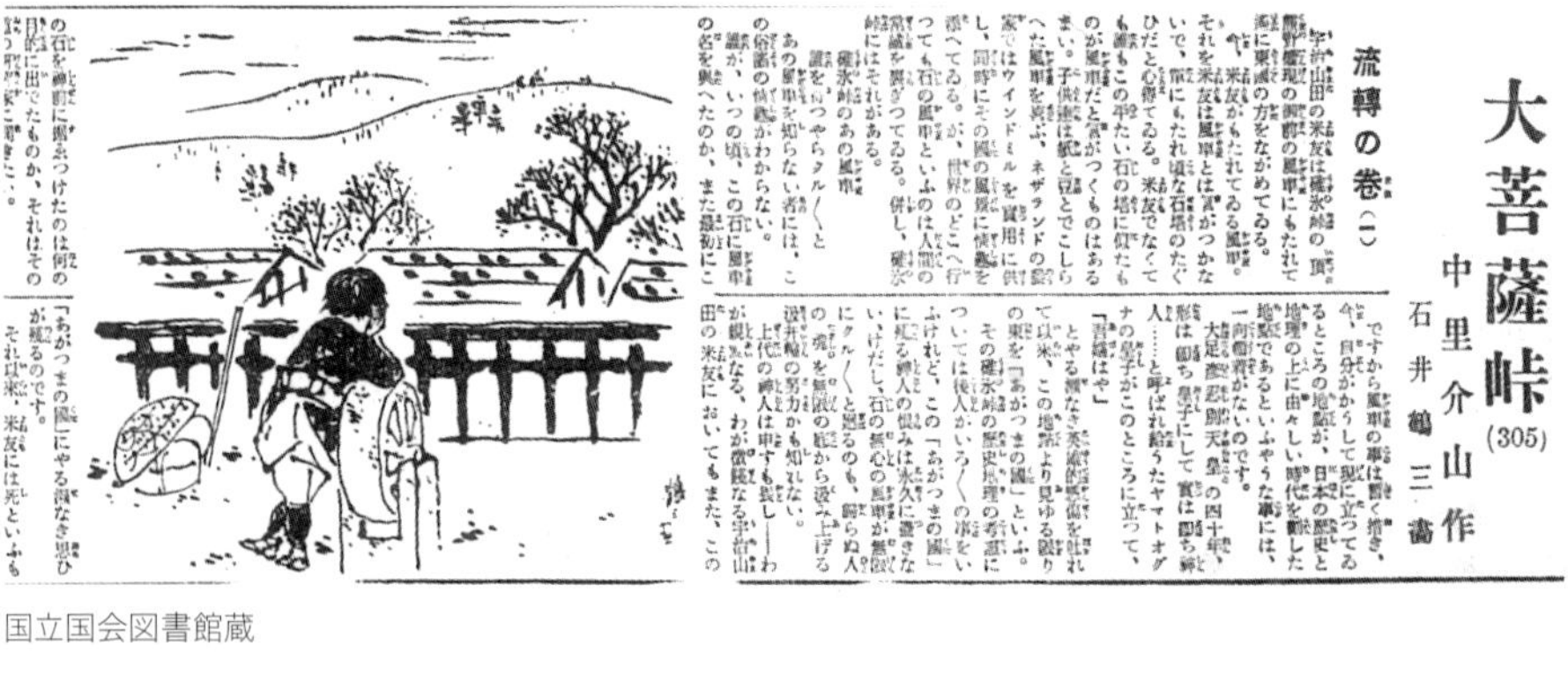

大菩薩峠 (305)

中里介山作

石井鶴三畫

流轉の巻（一）

宇治山田の米友は碓氷峠の頂。[illegible]の風車にもたれて遙に東國の方をながめてゐる。

今、米友がもたれてゐる風車。

それを米友は風車とは氣がつかないで、單にもたれ頃な石塔のたぐひだと心得てゐる。米友でなくても誰もこの平たい石の塔に似たものが風車だと氣がつくものはあるまい。子供達は紙と豆とでこしらへた風車を弄ぶ、ネザランドの農家ではウインドミルを實用に供し、同時にその國の風景に情趣を添へてゐる。が、世界のどこへ行つても石の風車といふのは人間の常識を裏切つてゐる。併し、碓氷峠にはそれがある。

碓氷峠のあの風車
誰をまつやらクルクルと

あの風車を知らない者には、この俗謡の情趣がわからない。

誰が、いつの頃、この石に風車の名を與へたのか、また最初にこの石を神前に据ゑつけたのは何の目的に出でたものか、それはその[illegible]。

ですから風車の事は暫く措き、今、自分がかうして現に立つてゐるところの地點が、日本の歴史と地理の上に由々しい時代を劃した地點であるといふやうな事には、一向頓着がないのです。

大足彦忍代別天皇の四十年、形は即ち皇子にして實は即ち神人……と呼ばれ給うたヤマトオグナの皇子がこのところに立つて、

「吾嬬はや」

とやる瀬なき英雄の感傷を吐かれて以来、この地點より見ゆる限りの東を「あがつまの國」といふ。

その碓氷峠の歴史地理の考證についでは後人がいろいろの準をいふけれど、この「あがつまの國」に死る神人の恨みは永久に盡きないけれど、石の無心の風車が無心にクルクルと廻るのも、歸らぬ人の魂を無限の底から汲み上げる碓井輪の努力かも知れない。

上代の神人は申すも畏し――わが親しなる、わが微賤なる宇治山田の米友においてもまた、この「あがつまの國」にやる瀬なき思ひが籠るのです。

それ以来、米友には死といふ

国立国会図書館蔵

# 口絵・挿絵という問題系 画文学に向けて

出口智之

一

現在、ふと日本の近代小説を読んでみようかと思い立った時、はじめに手に取るのはたいてい文庫本でしょう。街の本屋さんにも古書店にもたくさんの文庫本が揃っていて、そこには現代の書き手と並び、近代作家の作品がかならず置かれています。図書館ならその数はさらに多く、また様々な作家の代表作を集めた文学全集や、作家の個人全集も読むことができます。文学好きの人から必要があって読む人まで、どんな人でもたいていは、こうした書籍によって近代の文学にふれるのではないかと思います。

あるいは、近年はデジタルでアクセスするという人も少なくないでしょう。著作権の保護期間を満了した作家なら、かなりの作品が青空文庫に無償公開されていますし、Ｋｉｎｄｌｅやｋｏｂｏといった電子書籍のサービスも年々拡充しています。こちらは場所の問題がありませんから、事実上ほぼ無限のラインナップが可能で、書店に在庫がなかったり、絶版だったり、そもそも読みやすい形の書籍が版行されたことのない作品でも、簡単に読書をはじめることができます。書籍ではなかなか手に入らない作家の作品が、電波さえつながればどこでもすぐに読めるようになったのは、本当に嬉しいことです。

版に組まれた文字を読むたしかな読書感と、どの作品にも簡単にアクセスでき、視力など個人の事情にもあわせやすい利便性と。いまや、どちらも欠かせない読書の方法です。

そのようにして、たとえば明治中期を代表する短篇小説の一つ、国木田独歩の「忘れえぬ人々」を読むとします。文庫本なら『武蔵野』（新潮文庫または岩波文庫）が手に入りやすく、もちろん青空文庫でも公開されており、Ｋｉｎｄｌｅ・ｋｏｂｏともに電子書籍を無料提供しています。図書館には、文学全集類や『国木田独歩全集』もあるでしょう。とりあえず独歩の創造した作品世界にふれ、味わうためにはそれで十分です。

続いて、今度は尾崎紅葉の「金色夜叉」を選んだとしましょう。連載中から圧倒的な人気を博しつつ、紅葉の早世によって未完となった傑作長篇です。「忘れえぬ人々」とおなじく、青空文庫でも電子書籍でも無料で読めますし、書籍がほしければ新潮文庫の版が続いています。有名作だけあって、現代語訳や解説本も豊富です。

ところが、紅葉が手がけた作品世界を知るのに、それでは十分でないのです。なぜ？　作品全体の解釈がまったく変わるような、重大な改稿が行われたのでしょうか？　いえ、たしかに「金色夜叉」の本文には、発表後も何度か手が入れられていますけれど、各本文をくらべて読むほどの必要はありません。発表された当時にあっても、複数の本文の比較まで行う読書が一般的だったとは考えにくく、それはもう専門の研究者の領域です。

「忘れえぬ人々」と「金色夜叉」、この両作の違いは口絵・挿絵の有無にあります。明治三十一年四月、雑誌「国民之友」に発表された「忘れえぬ人々」は、その初出時、単行本『武蔵野』（民友社、同三十四年三月）に収められた際のどちらも、口絵や挿絵がつけられていません。もともとテキストだけで構成された作品ですから、文庫本にせよ電子書籍にせよ、テキストだけで読んで不都合はないわけです。

これに対し、明治三十年の年始より「読売新聞」で連載がはじまった「金色夜叉」は、当初は挿絵なしで進行したものの、同三十三年十二月四日の「続々金色夜叉」（七）から、結果的に最終回となった同三十五年五月十一日までの期間には、断続的に計四十五葉の挿絵が用いられています【⑤—12・13】。また、全五冊にわたる単行本では、「読売」連載時の挿絵がすべて省かれたかわり、各冊一葉の口絵が新しく制作されています。ところが、現在流通している「金色夜叉」のうち、それらの絵がすべて収録されているものはありません。青空文庫はもちろん、新潮文庫にも口絵は一枚もなく、抜萃版である角川文庫のビギナーズ・クラシックスに単行本『前編』の口絵が掲げられる程度、岩波版『紅葉全集』第七巻はさすがに全冊の口絵を揃えていますが（ただし一部は多色摺をモノクロに変更）、それでも『読売』の挿絵は取られていません。

とはいえ、現在でも新聞連載小説につけられていた挿絵が単行本化に際して省かれることはごく一般的、それの何が問題なのでしょうか？

## 二

実は、これらの口絵・挿絵は、紅葉自身の構想にもとづいて描かれた可能性がきわめて高いのです。たとえば、新聞連載中の紅葉の日記には、絵師の梶田半古に「画を嘱し」た記述が見えます。(1)　紅葉は本作以前、「読売新聞」創刊以来初の絵入り連載小説となった「笛吹川」【⑤—6】の執筆に際し、毎回の挿絵にみずから「原図」を描いていました。[2]それ以降もやはり絵師に指示を与えていたと見られ、そうした経緯と日記の記述に照らせば、「金色夜叉」の制作時も同様だったと考えるのが自然でしょう。

しかも、それらの挿絵は、物語の場面を単純に視覚化しただけではありません。第五章でご紹介したように、対話の時間的な長さを表現したり、人物同士の関係を象徴的に示したり、あるいは本文に記述されない場面を描き示したりと、本文との協働によって物語世界に広がりを持たせる効果を担っていたのです。そのような図柄を半古が独断で決定できたとは考えにくく、紅葉からの指示があったことは確実です。

一方で単行本に関しても、絵師の武内桂舟が『前編』の口絵【①—7】に「少し注文もあった」と証言しており、[3]おなじ文中には紅葉から与えられた「下画」のことも出てきますから、これもやはり紅葉からだったと解してよいでしょう。また鏑木清方は、本作に取材した絵の制作を企図したところ、聞きつけた紅葉から「夢のなかの宮の水死のところを画いて見ないか」と言われ、単行本の口絵にする可能性を示唆されたと回想しています。[4]構図などは一任されたようですが、紅葉はイメージ資料として芸者の写真を与えており、この絵が実際に『続篇』の口絵となりました【⑤—14】。さらに、最終巻『続々金色夜叉』の口絵とされた塩原箒川の風景写真についても、輪郭にあしらった百合の意匠は清方と相談して決めており、[5]状況的に見て、残る『中編』（川村清雄画）と『後編』（武内桂舟画）の口絵にも何らかの指示を出していたことはほぼ間違いありません。

つまり、彼は本文を執筆しただけでなく、作品を構成する一部として絵にも意を注いでいたのであり、この点で本作は「忘れえぬ人々」とは本質的に異なっています。しかも、これは紅葉だけの特殊な制作方法ではありません。というよりも、もとは江戸戯作に由来する、明治中期にはごく一般的な制作スタイルでした。明治文学を考えるには、多く見落とされているこの基本的な事実を、まず把握しておく必要があります。

現在、曲亭馬琴や山東京伝、柳亭種彦、十返舎一九といった江戸の戯作者たちの名前は、文学史のなかで語られています。そのため、どうしても文章を書いたイメージが強くなりがちですが、実際には戯作は原則として絵入りであり、その絵の下図も作者が描いていました。絵と本文の双方をあわせた稿本の作成までが戯作者の仕事で、絵師と筆耕がそれを書きなおして版下を作り、印刷・製本に回されるのです。明治維新が起こっても市井の戯作者たちがいなくなったわけではなく、明治初期の文芸を支えたのは彼らですし、出版印刷に携わる人々だって同様ですから、業界全体の制作慣習が一朝一夕に廃れることはありえません。

では、作者が絵にも指示する慣習は、いつごろまで続いたのでしょうか。何となくイメージされるのは、せいぜい明治十年代の半ばくらいだろうと思います。明治十八年には、坪内逍遙が「小説神髄」によって近代文学のはじまりを告げ、二十年代に入るとその影響を受けた若い作者たちが続々と登場してきますので、すっかり時代が変わった印象があります。しかし、「金色夜叉」の例でもわかるように、実際には明治後期まで広く行われていたのです。

これは取りもなおさず、近代文学の草創発展期を形づくった多くの作家たちが、この制作慣習のなかで活動していたということを意味します。逍遙や二葉亭四迷はもちろん、紅葉の友人だった山田美妙・幸田露伴や弟子の広津柳浪・泉鏡花・徳田秋声ら、明治二十九年に早世した樋口一葉、明治後期に自然主義の旋風を巻き起こす島崎藤村や田山花袋、そして初期の永井荷風や夏目漱石にいたるまで、みな絵への指示を求められる文化に生きていたのだとすれば、近代文学の少なからぬ部分が、口絵・挿絵を視野に入れて考えられねばならないわけです。文学の内容面では急激な近代化が進行しても、出版印刷においてはいまだ江戸以来の慣習が続いている、それが新旧の文化的混淆期である明治という時代なのでした。その明治も終盤の四十年代になると、さすがに世代交替が進み、作家からの指示は徐々に少なくなりますが、特に大衆小説の分野では、中里介山のように昭和初期まで指示を続ける作家が残っていました。

ただし、そうした明治文学がこれまで絵を欠いた形で刊行され、特に問題なく読まれてきたこともまた事実です。絵入りの黄表紙や合巻は本文だけでは読めないのに対し、「金色夜叉」がそうであるように、たいていの明治文学は絵がなくても読めてしまう。だからこそ、作家が絵を統御していたという事実がほとんど知られずにきてしまったのでしょう。ここに、江戸戯作とも、大正期以降のいわゆる純文学とも異なる、明治文学ならではの特質と問題があります。

## 三

もう少し「金色夜叉」の例を考えてみましょう。

『読売』での連載時に挿絵が入ったのは「続々金色夜叉」（七）以降、単行本の区分では『金色夜叉　続篇』の（七）以降でした。ところが、その『続篇』や最終巻の『続々金色夜叉』は、どちらも紅葉の生前に刊行されたにもかかわらず、初出時の挿絵が収録されていません。現在でも、それらの挿絵を掲載した書籍はなく、当時の紙面で確認するしかないのです。これに対し、紅葉のほかの絵入り小説、「笛吹川」や「青葡萄」では、初出時の挿絵のほとんどが単行本にも再録されていますので【⑤—7・9】、これは「金色夜叉」は挿絵なしで読まれてもよいという判断と受け取れます。

実は、彼はもともと、本作を挿絵なしで書きたいと考えていました。ところが、執筆の難航や健康上の理由によって連載中断を繰り返したため、挿絵を求める声に抗しきれなくなり、途中から絵入りに方針転換したとされます。その後もなお、一年間の中断を挟んで明治三十五年四月に連載を再開する際、編集部に「思ふ旨ありて挿絵を用ゐず」と告げながら、[6] わずか七回でふたたび絵入りに戻るなど、こうした挿絵の有無をめぐる綱引きが行われていました。こうした迷走に加え、単行本に挿絵を入れればそれだけ印刷費用がかさみますし、その結果『続篇』の途中から急に絵入りになってバランスを失するとなれば、省略という選択も理解できます。

一方で、「読売」での挿絵が単なる添え物ではなく、本文と一体的に作品を構成していたことは先に申しましたとおりです。それは紅葉の構想と半古の筆によって織りなされた、まぎれもない「金色夜叉」の一部なのでした。しかも、鏑木清方が「多くの専門挿絵家に見られない本流の画の持つ気品があつた」と称讃し、[7] その画風を学ぼうと「読売」に入社したほどの、楚々として情感の深いすぐれた挿絵です。以上のような事情を考えると、いかに紅葉が単行本で省くという判断をしたにせよ、それらが当時の紙面でしか見られないというのは、「金色夜叉」という作品、紅葉の創作意識、半古の画業のいずれを考えるうえでも問題でしょう。

このように、「金色夜叉」の口絵や挿絵には、扱いを軽々に決めがたい事情がありました。これだけでも十分に複雑ですが、先の表現を繰り返せば、何しろ明治は新旧の文化的混淆期、この一作だけでは時代の全貌をうかがうには足りません。はたして、明治の口絵・挿絵の世界では何が起こり、「金色夜叉」はどのように位置づけられるのでしょうか。そのことをお話しするため、順序が逆になりましたが、ここでその具体的な制作方法をご紹介したいと思います。

まずは、江戸文学の命脈を継ぐ新聞小説からはじめましょう。幕末明治期の戯作者・新聞記者であった仮名垣魯文の門を出て、自身も新聞小説の筆を執った野崎左文が、こんなふうに回想しています。

> 新聞小説の方はどうであるかと云へば、是れも亦絵画本位で、成るべく毎回目先の変化を主とする下絵を三四回づゝ先に附けて、之を画家の方に廻し、その彫上つた挿画の版木を見較べながら、一日々々と書続けて行くのである。(8)

ここからは、作者による指示は執筆に先立って、何回分かまとめて行われたこと、仕上がったその絵を見て執筆していたことがわかります。これは、戯作制作の発想で新聞に対応しようとした結果でした。日刊というすさまじい速度で出てゆく新聞では、一定の分量の絵と本文が揃った稿本を用意している余裕はありません。制作に時間を要する絵を、とりあえず見通しの利く範囲で先に作らせ、それにあわせて書いてゆかないと、連載が滞りかねないのです。

左文の証言からはもうひとつ、新聞小説では回ごとの図柄の変化が重視されたことが知られます。これについては、次のような証言もあります。

> 同じ人物が同じ場所で対話して居る事で三四回も続けるといふが如きは、その談話中に波瀾があるにもせよ、挿画の目先が変らず読者の厭飽を来すものとして之を避ける傾きがあつた。(9)

このように多彩な図柄を準備するためには、それだけの絵の技倆が必要です。起伏あるストーリー展開も求められますが、まずは絵師に指示するための絵、「指示画」を描けないとはじまりません。従って、左文は明治九年に仮名垣魯文に入門した際、「故人の作を熟読玩味する事を第一とし、第二には絵を習つて下絵をつける稽古をせよ」と教えられています。(10) 文章よりも、絵の修行のほうが優先だったのです。

なお、本編でも用いたこの指示画という言葉は、筆者（出口）による造語です。左文の回想にも見え、近年まで用いられた「下絵」は、本来は日本画制作の過程で描かれる、完成イメージのための小下絵《こじたえ》や出来あがりと同サイズの大《おお》下絵《したえ》のことです。作家から与えられる絵とは用途も質も大きく異なり、別の語を用いるべきでしょう。「原図」「指定画」などと呼ばれることもありますが、かならずしも全体を描くばかりでなく、部分的なイメージを伝えるラフスケッチのような例もありますので、指示のための画、指示画と総称するのが適当と考えました。

話を戻しますと、こうした新聞連載に対し、雑誌への掲載や書き下ろしの単行本では事情が大きく異なります。多くは全篇一括発表ですし、口絵なら一枚、挿絵でも数枚が限度ですから、制作速度も、本文と絵の割合もまったく違うのです。とはいえ、多色摺の口絵を月刊で出そうとすると、結局は時間との戦いになって、起筆前に指示することも珍しくありませんでした。また、新聞小説は全体の編集方針に従うため、挿絵の有無が変わることはまずありませんが、雑誌や単行本は事情が様々で、本文だけで脱稿したあとに絵が求められたり、時にはつけた絵が理由で掲載誌が変更になることさえありました。(11)

明治文学の作家たちが、いかに複雑な状況に置かれていたか、もうおわかりでしょうか。

文学の内容はどんどん変わるのに、絵への指示は依然として求められ、しかもその性格や有無が媒体によって大きく異なる。絵を入れる場合には、本文との協奏に積極的な意味を持たせるのか、あるいは場面の視覚的再現として補助的な役割にとどめるのか、その判断を早い段階で下さねばならない。逆に、絵を用いない前提で書いたのに、追加で求められることもある。そうして発表した作品を単行本にする際には、初出時の絵の扱いをあらためて検討し、時には新たな絵の制作を指示する必要もある。

こうした判断だけでも難しいうえ、それが作家の一存で決められるわけではなく、出版社・新聞社や媒体ごとの性格と方針、制作にあたる絵師・彫師・摺師の力量、印刷技術やコストの問題、読者の反応など、様々な力学がからみあうなかで都度考えねばならないとすれば、相当な苦労だったでしょう。「金色夜叉」の例で言うと、挿絵の有無に紅葉が容喙《ようかい》できたのは、彼が「読売」で大きな権限を持っていたという例外的な事情によりますが、それでも挿絵を求める声には抗しきれていません。絵入り新聞小説制作の慣例とは異なる、一回書きあげるごとの指示は、本文と挿絵の効果的な協働を可能にした一方、連載の遅れや相次ぐ休載にもつながりました。明治二十年代の新聞小説では一般的だった浮世絵風の構図・画法を脱し、清新な世界をともに切り拓いた半古の挿絵を単行本で落とした際には、厳しい判断を迫られたでしょう。

このように、明治文学における口絵・挿絵は、一作ごとに個別の事情を抱えて生み出されていたのです。

## 四

本書では、以上のような把握をもとに、口絵・挿絵の側から明治文学を捉えなおすことを試みました。新聞・雑誌・単行本のいずれにも、作家や出版社の計画が成功した例も、逆に失敗した例もあります。その具体的な諸相は本編のほうでご覧いただくとして、ここではもう少し立ち入ったご説明を申しあげたいと思います。

第一部では、総称されてしまうことの多い口絵と挿絵の性格の違いや、絵への指示という点での江戸明治の連続性、そして木版多色摺口絵の見どころをご紹介しました。比較的見かける江戸戯作の稿本に対し、近代作家の指示画を目にすることはほとんどありません。これは、原稿や書翰、ノートといった作家の肉筆が珍重される一方、指示画は単なる伝達のためのメモとしか見られず、多くは画人のところで破棄されたためと考えられます。現在確認できるのはわずか二十点にも満たず、そのうち約半数は刊行物への転載ですので、いかに残存数が少ないかがわかります。

明治の作家たちにとって、そうした指示画を描くのは大きな負担でした。左文のように絵の修行をしていたり、逍遙や藤村のように絵が得意であればよいでしょう。しかし、たとえば歌人から作家となった樋口一葉は、雑誌「都の花」に掲載する小説「うもれ木」の執筆中、おそらくは同誌が挿絵入りであることを見越し、絵の手習いをはじめています。(12) その数ヶ月前、絵入りの「改進新聞」に「別れ霜」を掲載した際、挿絵への指示を求められた経験をふまえてのことと考えられます。

この負担を嫌い、指示画はやがて「絵組」と呼ばれる文章での伝達へと変わってゆきます。新聞のように制作に時間的余裕がない場合、そのほうが効率的でもあったでしょう。第五章にスケッチを出展した中里介山「大菩薩峠」に関する指示は、実際にはほとんどが絵組で行われています。一例をお示ししておきましょう。

他生の巻、／第一回は――清澄の茂太郎が月見寺の三重の塔の九輪の上で恍惚として星夜の美観をながめてゐる処、／第二回――は同じ夜同じ寺の秋草の庭で弁信が杖を手にして草間の虫の音に聞き恍《ママ》れてゐる処、／右宜しく原稿はあと社の方から廻すつもり(13)

構図などはすべて画家に任せ、描いてほしい場面のあらましだけを伝えています。しかし、画人たちが挿絵も本文と対等な芸術だという自負を強めるとともに、こうした指示が歓迎されなくなるのは当然でしょう。洋画家、渡部審也が昭和十一年に行った次のような発言は、そうした意識の変化を物語っています。

先年時事新報に某氏の小説を描いた当時其作者は原稿の外に必ず一枚宛《づゝ》の絵組なるものを添へて来たものだ。僕は何だか自分の領域を犯される様な一種の屈辱を感じて決して此絵組に倚《よ》らず自分の思ふ儘の場面を思ふ儘に描いた事がある。其為其作者と衝突を起した事抔《など》今は古い思ひ出の種だ。[14]

続いて第二章では、作家や出版社による様々な試みを取り上げました。物語の結末を絵で示した例【②―13・16】は、この時期ならではの挑戦です。もっとも、そこまですることはやはり珍しく、本文にない場面を描いたとしても、多くは簡単に言及されるだけの過去の重要な出来事や、同時に進行している別の場面を描き示したものです。その代表的な例として、樋口一葉「十三夜」の挿絵【②―5】を見てみましょう。

「十三夜」上は、夫からの酷薄な扱いに堪えかねたお関が、九月十三夜の夜遅くに実家に戻り、父母に離縁を願う物語です。「太郎を寐《ね》かしつけて、最早《もう》あの顔を見ぬ決心で出て参りました」と訴える言葉とは裏腹に、眠る太郎を前に涙を拭う場面を描いた中江玉桂の挿絵には、愛児との別れを悲しむ心情が明らかに示されています。読者の目にはまずこの挿絵が飛び込んできて、本文はその印象のもとに読まれるはずです。かくして、離縁を求める強い言葉の背後に隠された葛藤が絵によって浮かびあがる、それが作者一葉の戦略だったのです。

これに対し、「十三夜」下の挿絵（下図参照）は、離縁を許されなかったお関が実家からの帰途、人力車の車夫に身を落としている幼馴染みの録之助に出会った場面を、本文に即して描いています。お関は彼の転落の人生を聞き、たがいに秘めていた思いをあらためて感じるのですが、挿絵に描かれた二人の身なりの対比は、両者がすでに決定的に断絶していることをあらわにします。彼女の上質な服装は、父親が「綿銘仙の半天に襷《たすき》がけの水仕業さする事いかにして忍ばるべき」と考え、離縁を斥けた理由の一つにもなったように、お関を富裕な婚家に縛りつける鎖でもあったのです。脱稿後の指示と考えられるこれらの挿絵は、もともと本文にも埋め込まれていたモチーフを前景化し、そのあわいに読みどころを示す機能を担っていたのです。

ここまでが作者一葉の指示の範疇だとすれば、本編にてお示ししたとおり、「文芸倶楽部」の「十三夜」掲載号の口絵【②—9】は、編集部の主導と見られます。また、ライバル誌だった「新小説」でも、印刷技術の選択や小説に取材しない口絵については、編集部の強い関与がうかがえます【②—19〜24】。こうした試みも、広い意味での制作主体として理解できるのに対し、一葉のデビュー作「闇桜」の口絵（右田年英画、「武蔵野」明治二十五年三月）は、師の半井桃水の友人で年英弟の右田寅彦が「意匠」をつけています。[15] さらには、まったく関係のない第三者が指示画を頼まれることもあり、[16] それを許容する作家の意識や、完成原稿があっても画人が読んで絵をつけることはない業界の慣習が興味深く思われます。

第三章では、意図が見えにくい絵や制作工程上のミスに起因する本文との食い違い、印刷製本における未解明の問題など、様々な謎を取り上げました。画人への指示が起筆以前に行われたため、執筆中に構想が変化し、絵が宙に浮いてしまった富岡永洗《雨中佳人》【③—8】のような例は、けっして珍しくはありません。この可能性がある以上、絵と本文の内容が異なっていても、それが作者の意図的な構想によるものか、あるいは望ましくない齟齬であったのか、慎重な判断が必要です。時には、広津柳浪「今戸心中」（「文芸倶楽部」明治二十九年七月）に入るはずだった武内桂舟画《月下之美人》が、「製板の都合」で六月号に出たことさえありました。[17]

一方、印刷製本に関してまだ十分に解明されていない謎としては、版違いの問題があげられます。

たとえば、「文芸倶楽部」は最盛期には万の単位で出ていたとされますが、[18] その数の月刊に木版多色摺が対応することは不可能です。数百も摺れば版が傷みはじめますし、版木が水を吸って弱くなるのを防ぐため、何日かの休みを入れながら摺っても、せいぜい三千が限度です。従って、墨による主版と色版のセット（番と呼ばれます）が複数用意されたことは確実で、本展ではこの問題にも踏み込みました。梶田半古画《唐櫃山》【③—20】のように色版が落とされたものがあったり、石版でも東海散士『佳人之奇遇』挿絵【③—19】のように数種類が確認されるということは、本の奥附はおなじ初版でも、絵の出来が大きく異なる事態もありうるわけです。

再版以降の絵では、満谷国四郎画の国木田独歩『運命』口絵【③—22・23】を取り上げました。この作は明治四十一年九月の第六版において、より丁寧に仕上げられた絵に差し替えられました。しかし、画題自体は変わっておらず、いずれも巻頭小説「運命論者」からの取材と解されます。

我々が現代文学でそうしないのと同様、各版を買い集めてこの変化に気づく明治の読者は想定しづらく、もしも新たなエディションとして注目を集めたいのであれば、よほど大きな変更が必要でしょう。

では、なぜこの絵は差し替えられたのか。製版コストをかけてでも描きなおしたい満谷の意思が容れられたのか、それとも秀英舎印刷の初版と三協印刷の三版とで、印刷の質が大きく異なるあたりに理由があったのか、残念ながらこれ以上は未解明です。おなじ版でも印刷会社の異なる刷りがないか、おなじ印刷会社でも製本の工程やタイミングでバリエーションが発生していないか、その時口絵の印刷の質はどうであるかなど、近世文芸の研究同様、伝存する諸本を可能なかぎり多く調査しないと、議論の土台さえ構築できません。たとえば島崎藤村『若菜集』では、おなじ初版でも広告ページが三種類確認されているそうですので、(19) 奥附の版の記載だけで印刷・製本もおなじだと結論することは難しいのです。

第四章では、特定のテーマに限定せず、明治文学を彩った様々な絵画をご覧に入れました。ここでは特に、主版を用いた校合摺《きょうごうずり》に絵師が彩色した差上げと、完成した木版多色摺口絵の違い【④―22〜25】にご注目ください。彫師や摺師は、かならずしも絵師の差上げに忠実に制作するとはかぎらず、特に着物の模様などは変更することがありました。木版において、描線を最終的に決定するのは彫師ですし、絵の印象を左右する拭きぼかしや雲の表現に用いられる当てなしぼかし、布地の表現を担う空摺《からずり》や布目摺、物理的に浮き出させて立体感をつける きめ出し、胡粉をふりかけた雪の表現など、摺師に負う領分も少なくありません。鰭崎英朋画、泉鏡花『続風流線』の口絵【④―20〜21】は、そうした彫りと摺りの技術に大きく依存した作品です。

木版以外の印刷技法であっても、少なくとも作者と画人は関わりますから、口絵や挿絵はある種の合作だという意識がどこかに残っていたように思われ、これを近代的なオリジナリティーの観念で捉えるのは難しいようです。文学の側でも、作者の想定とは異なるイメージの絵に仕上がり、作品に思わぬ意味や効果を与えてしまう可能性も否定できません。とはいえ、何しろ第三者による指示さえ行われていたくらいですから、そうしたゆるやかさもある程度は許容されていたのでしょう。近代作家としてオリジナルな創作物たる作品を書くこと、しかし江戸以来の制作慣習を継続する口絵・挿絵には、どうしても統御しきれない部分が残ること、明治の作家たちはその振れ幅のなかに自分の立ち位置を定めていたのです。

最後の第五章で扱った新聞小説については、「金色夜叉」

に即してすでに詳しく申しあげました。ただ、絵の修行をしてこなかった饗庭篁村が「東京朝日」に移籍した際、絵入り小説を強く求められたのに反発して記した「字入小説の前口上」だけは、書籍では読めない重要な資料なので、抜萃ですが引用しておきましょう。

> 絵にしてヤンヤと云《いは》るゝ所、すべて拙者が畑に生ず。余り残念なりしゆゑ、先頃決闘の勇ましき事を書き、或る壮士が婦人の洋服のパツト拡《ひろ》がツた裾へ隠れて危難を免かるゝといふ新趣向を立て、是は絵にならうと或る画工に話せしに、左様《そん》な馬鹿げた変な考へ絵になるものかと叱られて、いよ〳〵挿絵に縁なしと諦めたり。特《こと》には生得不器用にて人形の首も書《かけ》ざれば、下絵を何と認《したゝ》めん。夫《それ》にまだ〳〵面倒なは、絵に彫るといふ工手間《くでま》あれば、本文より先へ図を極めねばならず。一体拙者の了簡は、大地震の年に生れしゆゑにグラグラとして極りなく、斯《かう》と定めて書きかけても筆めが左《さ》様《う》は走らずして、得て他道《わきみち》へ飛び込みたがり、机に向ツた最初とは書き上げて見ると大きな相違。オヤ〳〵誰が此様《こん》な徒《いたづ》ら書《がき》をしたと、我を忘れて後を振り返つて見るほどなれば、一日前に極めた下絵とはお前は左り私は右の行違《ゆきちがひ》のみ多からん。(20)

篁村はここで、絵を入れるにはそれに適した小説の内容が必要なこと、指示画を描く技倆を要すること、先に指示しておいた絵と執筆した本文の内容や進度がずれがちなことをあげ、絵入り小説に難色を示しています。その反発の結果である「小町娘」については、本編【⑤—4】をご参照ください。いかにも江戸っ子らしい反抗で、以後挿絵を免ぜられた彼の小説は、紙面でも「絵入らず小説」と銘打たれたのでした。

最後に、本書では踏み込めませんでしたが、絵をめぐる法的権利の問題に一言ふれておきましょう。昭和九年、石井鶴三が「大菩薩峠」に描いた挿絵を集めて出版した『石井鶴三挿絵集』第一巻（光大社）に対し、小説作者の中里介山が著作権侵害だとして告訴する、「挿絵事件」が勃発しました。現代の感覚では、作家に挿絵の著作権があるとは不思議なようですが、【⑤—16】のように、慣習に従って介山が指示を出した共同著作と捉えますと、あながち荒唐無稽とも言いきれない面があります。

著作権とは、創作的表現を発揮する著作者の存在を前提した西洋由来の概念です。それを、先に述べたように複数の立場が入りあいに関わり、彫りや摺りなどは工房で行われる日本の伝統的制作慣習にそのままあてはめるのは、無理があるのです。徐々に整備されていった著作権法が、そうした慣習とどう折りあいをつけ、またいかに一般の価値観を変えていったのか、一つのメルクマールである「挿絵事件」だけでなく、法制史の観点からあらためて考えられるべき課題です。

口絵・挿絵から見る明治文学。そこには、単に文学作品の世界をビジュアル化したというだけでなく、〈文学〉や〈作品〉〈作者〉といった概念そのものを揺り動かし、美術史・出版史・書誌学・法制史といった様々な分野につながる問題系が浮かびあがっています。その総体を考えるには、各分野に細分化した学術研究のアプローチでは不可能で、画文が一体であるという前提で領域横断的に考える、「画文学」の発想が求められるのです。

注

（1）尾崎紅葉「十千万堂日録」明治三十四年三月十日（『紅葉全集』第十一巻、岩波書店、平成七年一月）一六八頁。

（2）柳田泉・勝本清一郎・猪野謙二編『座談会　明治・大正文学史』二（岩波現代文庫、平成十二年二月）二七三頁。

（3）武内桂舟「謦咳録」一（「新小説」明治三十一年十一月）。

（4）鏑木清方『こしかたの記』（中央公論美術出版、昭和三十六年四月）二二三頁。

（5）鏑木清方『こしかたの記』（前掲）二二九頁。

（6）尾崎紅葉「十千万堂日録」明治三十五年三月二十九日（前掲）二七六頁。

（7）鏑木清方「明治の挿絵」（『鏑木清方文集』二　明治追懐、白凰社、昭和五十四年十一月）二三二頁。

（8）野崎左文「草双紙と明治初期の新聞小説」（「早稲田文学」昭和二年十月）。

（9）野崎左文「明治初期の新聞小説」（「早稲田文学」大正十四年三月）。

（10）野崎左文「戯作者と浮世絵」（「浮世絵新聞」昭和五年一月一日）。

（11）京の藁兵衛「水かゞみ」（「文芸倶楽部」明治二十八年二月）は、はじめ「少年世界」のために書いたものの、柳の精の美女が枕元に立ち、布団から飛び起きて驚く男を描いた挿絵（小峰大羽画）のため、主筆の巌谷小波の判断で本誌に回されている。

（12）樋口一葉「しのぶぐさ」明治二十五年八月二十一日・二十三日（『樋口一葉全集』第三巻上、筑摩書房、昭和五十一年十二月）一六一～一六四頁。

（13）中里介山の石井鶴三宛書翰、大正十四年八月十八日付（荒井真理亜・高野奈保・多田蔵人・出口智之・松本和也「〈新出〉石井鶴三宛中里介山書簡四十通　翻印と註釈――『大菩薩峠』関連書簡を中心に――」、「信州大学附属図書館研究」臨時増刊、平成二十九年三月）。

（14）渡部審也「挿画小言」（「さしゑ」昭和十一年四月）。

（15）樋口一葉「につ記」明治二十五年三月七日（『樋口一葉全集』第三巻上、前掲）一〇八頁。

（16）矢野龍渓の松木平吉宛書翰、明治二十二年九月十二日付（『日本書誌学大系』105―3「類聚名家書簡」、青裳堂書

店、平成二十九年四月）。枯骨道人「仁恵義侠明治小万」（「北海道毎日新聞」同年十月三日〜二十七日）について、松木に「下絵」の作成を依頼している。

(17)「本誌口絵」（「文芸倶楽部」明治二十九年六月）。

(18)武内桂舟ほか「明治時代の風俗を語る——古老挿絵画家座談会」（「週刊朝日」昭和十二年一月）。

(19)川島幸希さんのご教示による。

(20)饗庭篁村「字入小説の前口上」（「東京朝日新聞」明治二十三年三月十六日）。適宜、濁点と句読点を補った。

# 掲載資料一覧

＊「所蔵・提供」：特に記載のないものは日本近代文学館、春陽堂書店所蔵

| 図番号 | 絵師・画家名 | 出典、印刷技法、口絵・挿絵・下絵 | 掲載紙誌、出版社、刊行年 | 所蔵・提供 |
|---|---|---|---|---|
| 第Ⅰ章　口絵・挿絵とは何か | | | | |
| ①―1 | 柳川重信 画《八犬士髻蔵白地蔵之図》 | 曲亭馬琴 著『南総里見八犬伝』肇輯巻一 口絵 | 山崎平八版、文化一一年 | 国立国会図書館デジタルコレクション |
| ①―2 | 柳川重信 画《落羽岡に朴平無垢三光弘の近習とたゝかふ》 | 曲亭馬琴 著『南総里見八犬伝』肇輯巻一 挿絵 | 山崎平八版、文化一一年 | 国立国会図書館デジタルコレクション |
| ①―3 | 尾形月耕 画 | 『絵本真田三代記』口絵 | 鶴声社、明治一九年一二月 | 国立国会図書館デジタルコレクション |
| ①―4 | 尾形月耕 画《真田幸隆山本勘介に対面の図》 | 『絵本真田三代記』挿絵 | 鶴声社、明治一九年一二月 | 国立国会図書館デジタルコレクション |
| ①―5 | 武内桂舟 画 | 巌谷小波 著『こがね丸』多色摺木版口絵 | 博文館、明治二四年一月 | |
| ①―6 | 武内桂舟 画 | 巌谷小波 著『こがね丸』挿絵 | 博文館、明治二四年一月 | |
| ①―7 | 武内桂舟 画 | 尾崎紅葉 著『金色夜叉』前編　多色摺［石版］口絵 | 春陽堂、明治三一年七月 | |
| ①―8 | 水野年方 画 | 幸田露伴、田村松魚 著『三保物語』多色摺木版口絵 | 青木嵩山堂、明治三四年一月 | 出口智之 |
| ①―9 | 歌川国貞 画 | 柳亭種彦 著『修紫田舎源氏』稿本・版本 | 「新小説」明治三〇年一〇月 | |
| ①―10 | 曲亭馬琴 自筆 | 『南総里見八犬伝』九輯巻一稿本 口絵 | | 国立国会図書館デジタルコレクション |
| ①―11 | 二世柳川重信画《創業義を尚び守文弥よ賢なり》 | 曲亭馬琴 著『南総里見八犬伝』九輯巻一 口絵 | 丁字屋平兵衛版、天保六年 | 国立国会図書館デジタルコレクション |
| ①―12 | 仮名垣魯文 原稿並挿画下絵・書簡 | | | 早稲田大学図書館 |
| ①―13 | 仮名垣魯文 下絵 | | 「早稲田文学」大正一四年三月 | |
| ①―14 | 高畠藍泉 書簡：三品蘭渓宛 | | | 早稲田大学図書館 |

| | | | | |
|---|---|---|---|---|
| ①—15 | 坪内逍遙 自筆指示画《池之端の出会ひ》 | | | 早稲田大学図書館 |
| ①—16 | 長原止水 画 | 坪内逍遙 著『当世書生気質』五号挿絵 | 晩青堂、明治一八年八月 | |
| ①—17 | 坪内逍遙 自筆指示画《塾舎の西瓜割り》 | | | 早稲田大学図書館 |
| ①—18 | 長原止水 画 | 坪内逍遙 著『当世書生気質』八号挿絵 | 晩青堂、明治一八年八月 | |
| ①—19 | 坪内逍遙 自筆指示画《未来の夢》 | | | 早稲田大学図書館 |
| ①—20 | 坪内逍遙 自筆指示画《牧の方口絵下絵》 | | | 早稲田大学図書館 |
| ①—21 | 渡辺省亭 画 | 坪内逍遙 著『牧の方』多色摺木版口絵 | 春陽堂、明治三〇年五月 | |
| ①—22 | 坪内逍遙 自筆指示画《牧の方挿絵下絵》 | | 「新小説」明治三〇年五月 | |
| ①—23 | 武内桂舟 画 | 坪内逍遙 著『牧の方』挿絵 | 春陽堂、明治三〇年五月 | |
| ①—24 | 尾崎紅葉 自筆指示画《紅葉山人下絵》 | | 「新小説」明治三〇年五月 | |
| ①—25 | 尾形月耕 画《お客の災難》 | 尾崎紅葉 著『多情多恨』挿絵 | 春陽堂、明治三〇年七月 | |
| ①—26 | 尾崎紅葉 自筆《多情多恨指定画》 | | | 早稲田大学図書館 |
| ①—27 | 寺崎広業 画《寐覚の盃》 | 尾崎紅葉 著『多情多恨』挿絵 | 春陽堂、明治三〇年七月 | |
| ①—28 | 村上浪六 自筆《たそや行燈指定画》 | | | 早稲田大学図書館 |
| ①—29 | 渡辺省亭 画 | 村上浪六 著『たそや行灯』多色摺木版口絵 | 春陽堂、明治二七年一二月 | |
| ①—30 | 島崎藤村 自筆《「老嬢」参考図意》 | | | 鎌倉市鏑木清方記念美術館蔵 |
| ①—31 | 鏑木清方 画 | 島崎藤村 著『緑葉集』口絵 | 春陽堂、明治四〇年一月 | |
| ①—32 | 島崎藤村 自筆『破戒』のうち「姉弟」参考図意 | | | 鎌倉市鏑木清方記念美術館蔵 |
| ①—33 | 鏑木清方 画《姉弟》 | 島崎藤村 著『破戒』口絵 | 島崎藤村私家版、明治三九年三月 | |
| 第II章 作家と出版社の挑戦 | | | | |
| ②—1 | 渡辺省亭 画 | 坪内逍遙 著『自由太刀余波鋭鋒』第一齣第二場木版挿絵 | 東洋館、明治一七年五月 | |
| ②—2 | 渡辺省亭 画 | 山田美妙 著「蝴蝶」木版挿絵 | 「国民之友」明治二三年一月二日 | |
| ②—3 | 菊池容斎 画《塩冶高貞妻》 | 『前賢故実』巻第十上冊 | 吉川半七、林平次郎［明治期］ | 小金沢智 |

| | | | | |
|---|---|---|---|---|
| ②—4 | 水野年方 画 | 樋口一葉 著「ゆく雲」挿絵 | 「太陽」明治二八年五月 | |
| ②—5 | 中江玉桂 画 | 樋口一葉 著「十三夜」上挿絵 | 「文芸倶楽部」明治二八年一二月一〇日 | |
| ②—6 | 絵師不明 | 樋口一葉 著「大つごもり」下挿絵 | 「太陽」明治二九年二月五日、再掲本文 | |
| ②—7 | 三島蕉窓 画 | 樋口一葉 著「われから」多色摺木版口絵 | 「文芸倶楽部」明治二九年五月 | |
| ②—8 | 富岡永洗 画 | 樋口一葉 著『通俗書簡文』多色摺木版口絵 | 博文館、明治二九年五月 | |
| ②—9 | 渡部省亭 画《美人不忍池を望む》 | 多色摺木版口絵 | 「文芸倶楽部」明治二八年一二月一〇日 | |
| ②—10 | — | 「文芸倶楽部」臨時増刊「閨秀小説」口絵写真 | 「文芸倶楽部」明治二八年一二月一〇日 | |
| ②—11 | 鈴木華邨 画 | 樋口一葉 著『一葉全集』多色摺木版口絵 | 博文館、明治三〇年一月 | |
| ②—12 | 鏑木清方 画 | 樋口一葉 著『真筆版たけくらべ』写真版口絵 | 博文館、大正七年一一月 | |
| ②—13 | 小島沖舟 画《秋風嘆》 | 内田魯庵 著「うき枕」巻頭写真版挿絵 | 「新小説」明治三一年一一月 | |
| ②—14 | 小島沖舟 画 | 内田魯庵 著『血ざくら』巻頭写真版挿絵 | 春陽堂、明治三四年七月 | |
| ②—15 | 松本洗耳 画 | 菊池幽芳 著「あぐり」多色摺石版口絵 | 「新小説」明治三四年一〇月 | |
| ②—16 | 鰭崎英朋 画 | 前田曙山 著「水の流」多色摺石版口絵 | 「新小説」明治三五年一二月 | |
| ②—17 | 鏑木清方 画 | 島崎藤村 著「津軽海峡」多色摺石版口絵 | 「新小説」明治三七年一二月 | |
| ②—18 | 小林鐘吉 画 | 田山花袋 著「蒲団」多色摺石版口絵 | 「新小説」明治四〇年九月 | |
| ②—19 | 浅井忠 画《緑陰双美之図》 | 「新小説」多色摺石版口絵 | 「新小説」明治二九年七月 | |
| ②—20 | 渡部金秋 画《仙寰の美人》 | 後藤宙外 著「闇のうつゝ」［多色摺写真版］口絵 | 「新小説」明治二九年一〇月 | |
| ②—21 | 鈴木華邨 画《美人情を語る図》 | 遅塚麗水 著「名馬小輝」コロタイプ口絵 | 「新小説」明治三〇年三月 | |
| ②—22 | 渡部金秋 画《落花流水図》 | 嵯峨の屋おむろ 著「通例人の一生」コロタイプ口絵 | 「新小説」明治三〇年七月 | |
| ②—23 | 松井昇 画《美人海水浴図》 | 巌谷漣・石橋思案 著「従五位」多色摺石版口絵 | 「新小説」明治三〇年二月 | |
| ②—24 | 富岡永洗 画《海水浴図》 | 「新小説」［石版］口絵 | 「新小説」明治三〇年九月 | |

| | | | | |
|---|---|---|---|---|
| ②-25 | 絵師不明《女夫合骨牌》 | 「新小説」多色摺石版 | 「新小説」明治三一年一月 | |
| ②-26 | 小林永興 画 | 幸田露伴 著『新葉末集』多色摺木版口絵 | 春陽堂、明治二四年一〇月 | |
| ②-27 | 富岡永洗 画 | 尾崎紅葉 著『心の闇』多色摺木版口絵 | 春陽堂、明治二七年五月 | 朝日コレクション |
| ②-28 | 渡辺省亭 画《良工苦心図》 | 幸田露伴 著『長語』多色摺木版口絵 | 春陽堂、明治三四年一一月 | |
| ②-29 | 富岡永洗 画《情緒纏綿図》 | 広津柳浪 著「女仕入」挿絵 | 「新小説」明治三一年一月 | |
| ②-30 | 中村不折・富岡永洗・鈴木華邨・下村為山・水野年方・楊洲周延 画 | 泉鏡花 著「辰巳巷談」巻頭写真版連作挿絵 | 「新小説」明治三一年二月 | |
| ②-31 | 黒田清輝 画《舞姫の図》 | 「新小説」多色摺石版口絵 | 「新小説」明治三〇年一月 | |
| 第Ⅲ章 謎の絵 | | | | |
| ③-1 | [松本楓湖] 画 | 幸田露伴 著『風流仏』多色摺木版表紙絵 | 吉岡書籍店、明治二二年九月 | |
| ③-2 | 原田直次郎 画 | 森鷗外 著「文づかひ」木版挿絵 | 吉岡書籍店、明治二四年一月 | |
| ③-3 | 森鷗外肖像 | | | |
| ③-4 | 原田直次郎 画 | 森鷗外・幸田露伴 著『文つかひ・聖天様』多色摺木版表紙絵 | 吉岡書籍店、明治二四年一月 | |
| ③-5 | 自筆稿本表紙絵 | 森鷗外『文つかひ』 | | 大阪樟蔭女子大学図書館 |
| ③-6 | 水野年方 画 | 泉鏡花 著「外科室」多色摺木版口絵 | 「文芸倶楽部」明治二八年六月 | |
| ③-7 | 三島蕉窓 画《美人蜃気楼之図》 | 多色摺木版口絵 | 「文芸倶楽部」明治二九年九月 | |
| ③-8 | 富岡永洗 画《雨中佳人》 | 広津柳浪 著「河内屋」多色摺写真銅版口絵 | 「新小説」明治二九年九月 | |
| ③-9 | 小堀鞆音 画《西行逢妻》 | 幸田露伴 著「二日物語 此一日」多色摺木版口絵 | 「文芸倶楽部」明治三一年二月 | |
| ③-10 | 水野年方 画《西行逢妻》 | 幸田露伴 著「二日物語 彼一日」多色摺木版口絵 | 「文芸倶楽部」明治三四年一月 | |
| ③-11 | 富岡永洗 画 | 幸田露伴 著「椀久物語」多色摺木版口絵 | 「文芸倶楽部」明治三二年一月 | |
| ③-12 | 渡辺審也 画 | 島崎藤村 著「水彩画家」多色摺石版口絵 | 「新小説」明治三七年一月 | |
| ③-13 | 鰭崎英朋 画 | 柳川春葉 著「二おもて」多色摺石版口絵 | 「新小説」明治三九年六月 | |
| ③-14 | 小林萬吾 画 | 夏目漱石 著「草まくら」多色摺石版口絵 | 「新小説」明治三九年九月 | |

| | | | | |
|---|---|---|---|---|
| ③-15 | 岡田三郎助 画 | 泉鏡花 著「春昼」多色摺石版口絵 | 「新小説」明治三九年一一月 | |
| ③-16 | 石川寅治 画 | 永井荷風 著「歓楽」多色摺石版口絵 | 「新小説」明治四二年七月 | |
| ③-17 | 右田年英 画 | 永井荷風 著「すみだ川」多色摺石版口絵 | 「新小説」明治四二年一二月 | |
| ③-18 | 小林鐘吉 画 | 正宗白鳥 著「畜生」[石版] 口絵 | 「新小説」明治四四年四月 | |
| ③-19 | 絵師不明《独立閣ヨリ遠眺ノ図》 | 東海散士 著『佳人之奇遇』初編石版挿絵 | 博文堂、明治一九年三月再版 | |
| ③-20 | 梶田半古 画《唐櫃山》 | 江見水蔭 著「唐櫃山」多色摺木版口絵 | 「文芸倶楽部」明治三三年七月 | 朝日コレクション |
| ③-21 | 梶田半古 画《ゆあみ》 | 「文芸倶楽部」多色摺木版口絵 | 「文芸倶楽部」明治四一年六月 | 朝日コレクション・出口智之 |
| ③-22 | 満谷国四郎 画 | 国木田独歩 著『運命』写真版口絵 | 左久良書房、明治三九年三月初版・明治四〇年五月三版 | |
| ③-23 | 満谷国四郎 画 | 国木田独歩 著『運命』写真版口絵 | 左久良書房、明治四一年九月六版 | |
| 第Ⅳ章 | 明治文学の華やぎ | | | |
| ④-1 | 小林清親 画《月下車を停むる図》 | 山田美妙 著「花車」写真版挿絵 | 「都の花」明治二一年一〇月 | |
| ④-2 | 松岡緑芽 画 | 尾崎紅葉 著「紅子戯語」挿絵 | 「我楽多文庫」第一〇号復刻版、白帝社、昭和四二年八月 | |
| ④-3 | 原田直次郎 画 | 森鷗外 著「於母影」木口木版扉絵 | 「国民之友」明治二二年八月二日 | |
| ④-4 | 後藤芳景 画 | 幸田露伴 著『葉末集』多色摺木版口絵 | 春陽堂、明治二三年六月 | |
| ④-5 | 大蘇芳年 画 | 尾崎紅葉 著『此ぬし』多色摺木版口絵 | 春陽堂、明治二三年九月 | |
| ④-6 | 絵師不明 | 前田香雪 著『梅ぞの』(新作十二番) 多色摺木版見返し | 春陽堂、明治二四年九月 | |
| ④-7 | 斎藤緑雨 自序 | 『かくれんぼ』(文学世界) | 春陽堂、明治二四年七月 | |
| ④-8 | 村上浪六『三日月』 | 多色摺木版口絵 | 春陽堂、明治二四年七月 | |
| ④-9 | 武内桂舟・水野年方・富岡永洗・梶田半古 画 | 尾崎紅葉 著『三人妻』多色摺木版口絵 | 『木版美人画集 明治の女』創土社、昭和五二年一〇月より | 出口智之 |
| ④-10 | 渡辺省亭・久保田米僊 画 | 宮崎三昧 著『塙団右衛門』多色摺木版口絵 | 春陽堂、明治二六年七月 | |
| ④-11 | 鈴木華邨 画 | 広津柳浪 著「黒蜥蜴」多色摺木版口絵 | 「文芸倶楽部」明治二八年五月 | 出口智之 |

| | | | | |
|---|---|---|---|---|
| ④-12 | 長原止水画《人の見た猩々と猩々の見た人》 | 「めさまし草」巻之三一裏絵 | 「めさまし草」明治三一年九月 | |
| ④-13 | 黒田清輝画 | 徳冨蘆花著『不如帰』写真版口絵 | 民友社、明治三三年一月 | |
| ④-14 | 鏑木清方画《新緑》 | 前田曙山著「銅臭」多色摺石版口絵 | 「新小説」明治三四年七月 | |
| ④-15 | 鏑木清方画 | 泉鏡花著『三枚続』多色摺木版口絵 | 春陽堂、明治三五年一月 | |
| ④-16 | 藤島武二画 | 与謝野晶子著『みだれ髪』挿絵 | 東京新詩社、明治三四年八月 | |
| ④-17 | 中村不折画 | 夏目漱石著『吾輩ハ猫デアル』上編 多色摺石版口絵 | 大倉書店、明治三八年一〇月 | |
| ④-18 | 中村不折画 | 伊藤左千夫著『野菊の墓』多色摺石版口絵 | 俳書堂、明治三九年四月 | |
| ④-19 | 名取春仙画 | 夏目漱石著「三四郎」一の一挿絵 | 「東京朝日新聞」明治四一年九月一日 | 国立国会図書館 |
| ④-20 | 鰭崎英朋画 | 泉鏡花著『続風流線』多色摺木版口絵 | 春陽堂、明治三八年八月 | 朝日コレクション |
| ④-21 | 鰭崎英朋画 | 泉鏡花著『続風流線』口絵習作1、2 | | 個人蔵 |
| ④-22 | 梶田半古画 | 小栗風葉著『青春』夏 多色摺木版口絵 | 春陽堂、明治三九年一月 | 朝日コレクション |
| ④-23 | 梶田半古画 | 『青春』口絵の差上げ | | 朝日コレクション |
| ④-24 | 鰭崎英朋画 | 後藤宙外著『月に立つ影』前編 多色摺木版口絵 | 春陽堂、明治三九年八月 | 朝日コレクション |
| ④-25 | 鰭崎英朋画 | 『月に立つ影』前編の差上げ | | 朝日コレクション |
| ④-26 | 鰭崎英朋画 | 桃川如燕講演「市ヶ谷小町」多色摺［オフセット］口絵 | 「娯楽世界」大正四年六月 | |
| ④-27 | 鰭崎英朋画《市ヶ谷小町》校正摺 | | | 個人蔵 |
| ④-28 | 満谷国四郎画 | 国木田独歩著『欺かざるの記』前編石版口絵 | 左久良書房 明治四一年一〇月 | |
| ④-29 | 久保田米僊画 | 合作『草鞋記程』木版挿絵 | 高橋省三私家版、明治二五年一一月 | 出口智之 |

| | | | | |
|---|---|---|---|---|
| ⑤—1 | 絵師不明 | | 「今日新聞」明治一八年六月一八日 | 国立国会図書館 |
| ⑤—2 | 右田年英画 | 半井桃水著「胡砂吹く風」一—五回挿絵 | 「東京朝日新聞」明治二四年一〇月二日～七日 | 国立国会図書館 |
| ⑤—3 | 中江玉桂画 | 樋口一葉著「別れ霜」六～八、一一～一二回挿絵 | 「改進新聞」明治二五年四月六日～一二日 | 台東区立一葉記念館 |
| ⑤—4 | 右田年英画 | 饗庭篁村著「小町娘」二、三、七、八回挿絵 | 「東京朝日新聞」明治二三年三月二二日～二七日 | 国立国会図書館 |
| ⑤—5 | 右田年英画 | 宮崎三昧著「塙団右衛門」一一～一四回挿絵 | 「東京朝日新聞」明治二五年一二月一五日～一八日 | 国立国会図書館 |
| ⑤—6 | 中江玉桂画 | 尾崎紅葉・田山花袋著「笛吹川」二、八、四七、四九、五六、五九回　挿絵 | 「読売新聞」明治二八年五月二日、五月八日、六月二〇日、六月二三日、六月三〇日、七月三日 | 国立国会図書館 |
| ⑤—7 | 中江玉桂画 | 尾崎紅葉・田山花袋著『笛吹川』単行本二五頁挿絵 | 春陽堂、明治二八年一二月 | |
| ⑤—8 | 中江玉桂画 | 尾崎紅葉著「青葡萄」二七、二九、三二、三五回　挿絵 | 「読売新聞」明治二八年一〇月一五日、一〇月一七日、一〇月二四日、一〇月二八日 | 国立国会図書館 |
| ⑤—9 | 中江玉桂画 | 尾崎紅葉著『青葡萄』単行本一二四頁挿絵 | 春陽堂、明治二九年一〇月 | |
| ⑤—10 | 絵師不明 | 尾崎紅葉著「多情多恨」二—五、三—一二、八—六、一〇—五　挿絵 | 「読売新聞」明治二九年三月五日、三月二二日、五月一〇日、五月二五日 | 国立国会図書館 |

| | | | | |
|---|---|---|---|---|
| ⑤-11 | i 渡辺省亭画《長襦袢の摸様》<br>ii 楊洲周延画《今朝のお茶番》<br>iii 渡部金秋画《葉山の忠告》<br>iv 鈴木華邨画《昨夜の噂》<br>v 三島蕉窓画《襖の関守》 | 尾崎紅葉著『多情多恨』単行本挿絵 | 春陽堂、明治三〇年七月 | |
| ⑤-12 | 梶田半古画 | 尾崎紅葉著「金色夜叉」続々<br>（七）の八<br>（七）の一〇<br>（一〇）の二<br>（九）の三　挿絵 | 「読売新聞」<br>明治三三年一二月二五日、<br>一二月二八日<br>明治三四年一月一一日、<br>二月五日 | 国立国会図書館 |
| ⑤-13 | 梶田半古画 | 尾崎紅葉著「続々金色夜叉」続篇<br>（二）の三、<br>（二）の四<br>（三）の一、<br>（三）の二　挿絵 | 「読売新聞」<br>明治三五年四月二〇日、<br>四月二一日<br>五月五日<br>五月一一日 | 国立国会図書館 |
| ⑤-14 | 鏑木清方画 | 尾崎紅葉著『金色夜叉　続編』〔石版〕口絵 | 春陽堂、明治三五年四月 | |
| ⑤-15 | 梶田半古画 | 小杉天外著「魔風恋風」<br>一、<br>二（四）、<br>二（五）、<br>四（二）回　挿絵 | 「読売新聞」<br>明治三六年二月二五日、<br>三月一日、<br>三月二日、<br>三月九日 | 国立国会図書館 |
| ⑤-16 | 中里介山 自筆 石井鶴三宛て書翰 | | | 信州大学附属図書館 |
| ⑤-17 | 石井鶴三画 | 中里介山著「大菩薩峠」流転の巻（一）挿絵 | 「大阪毎日新聞」<br>大正一五年一月五日夕刊 | 国立国会図書館 |

【略　歴】

## 公益財団法人《こうえきざいだんほうじん》　日本近代文学館《にほんきんだいぶんがくかん》

日本初の近代文学の総合資料館。1963年に財団法人として発足、1967年に東京都目黒区駒場に現在の建物が開館した。

専門図書館として資料の収集・保存に努めるとともに展覧会・講演会等を開催し、資料の公開と文芸・文化の普及のために活動する。

2011年より公益財団法人。2022年現在の所蔵資料は図書・雑誌・肉筆資料など130万点。

## 出口智之《でぐちともゆき》

東京大学大学院総合文化研究科准教授。東京大学文学部卒業、東京大学大学院人文社会系研究科博士課程修了。博士（文学）。専門分野は日本の近代文学と美術。明治時代における文学、文人のネットワーク、文学と美術の交渉を研究テーマとする。

主な著書に、『画文学への招待――口絵・挿絵から考える明治文化』（Humanities Center Booklet Vol.12、2021年）、『幸田露伴の文学空間――近代小説を超えて』（青月舎、2012年）、『幸田露伴と根岸党の文人たち――もうひとつの明治』（教育評論社、2011年）、共著に『国語をめぐる冒険』（岩波ジュニア新書、2021年）、編書に『汽車に乗った明治の文人たち――明治の鉄道紀行集』（教育評論社、2014年）がある。

# 明治《めいじ》文学《ぶんがく》の彩《いろど》り　口絵《くちえ》・挿絵《さしえ》の世界《せかい》

2022年　8月10日　初版第1刷　発行

編　者　　公益財団法人　日本近代文学館

責任編集　　出口智之

発行者　　伊藤良則

発行所　　株式会社 春陽堂書店
〒104-0061　東京都中央区銀座3-10-9　KEC銀座ビル9F
電　話　03-6264-0855

装　丁　　宗利淳一

編　集　　堀郁夫（JAM企画編集室）

印刷・製本　　有限会社　ラン印刷社



ISBN978-4-394-19030-1　C0095